KB069751

DENMA

THE
QUANX

8

양영순

네오
가든

A.E.

……
톡톡
그건… 너무
경솔한 양아치
짓이야.

그랬다간 우릴
지지하던 사람들이
모두 등을 돌릴걸?
제2의 고산가…
그런 느낌이 들게
해선 안 된다고.

물론입니다.
우리가 백경대를
사는 게 아니라
백경대가
우리에게 자신들을
팔러 오게 해야죠.
그래서…

글쎄,
돈으로 그 친구들의
고산가에 대한 충성심을
살 수 있을까?
백작님, 그건
지나친 편견과
선입견입니다.

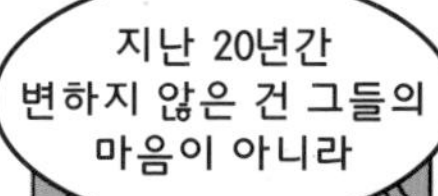
지난 20년간
변하지 않은 건 그들의
마음이 아니라

한 번도 끊긴 적
없던 월급이었어요.
그것도 고산가도 아닌
파견지가 지급한.

제아무리
뛰어난 전투 퀑들
이라지만
소속 없이 노출된
한 개인이라면

조직적인
사보이들을
절대 당해낼 수
없습니다.
백경대라는 조직이
도박 따위로 흔들리진
않죠.

하지만
그 안의 개개인이
가진 질서와 긴장감엔
분명한 타격을…
그리고
이어서…

선배님…
쪼르륵

아, 고마워.
내 걸로 마실게.

이거야 원…
오늘도 3명이나
문의를…
백경대
말씀인가요?
응!

하긴 흔들릴 만도
하겠지…
자기들보다
8배나 되는 돈을
받고 있으니…

하즈
그 양반도
참…

네?

응, 도박 빚에
허덕이는
타지의
백경대 멤버
하나에게

실수인 척
우리 엘 님의
다섯 손가락 멤버가
받고 있는
월급을
보내도록 해.

……

뭐야?

아, 전 우라노의
엘 백작님 회계인 마빈
이라고 합니다.
우라노
엘 백작?
전산 오류로 저희
백경대원께 가야할
이번 달 급료가…

그… 그게 지금
말이 돼?
그… 그러게요.
백경대원들
계좌 번호가 맨 뒤
두 자릿수만
다르다는 말이
맞나보네요.

대단히 죄송한데
여기 계좌로 다시
입금을 좀…
아이 씨,
사람 정말 귀찮게
하네…

알았어!
팅
감사합니다.

!

뭐야, 이거?
몇 달치 월급을
넣은 거야?
네? 그거
한 달치 맞는데요.

아, 다른 분들께는
말씀 말아주세요.
백경대 경호원들에
대한 백작님의 사적인
정책이라서…
……

그러고 나면
1주일 안으로 경호원
자리에 대한
문의가 올 거야.
그럼 이렇게 얘기해.

정말 죄송합니다.
저희가 여력은
되는데
담당자분이
고산가와의 관계가
있어서 그건 좀…

그럼 머릿속이
복잡해지겠지.
여력은 된다?
그런데 고산가
때문에 어렵다?

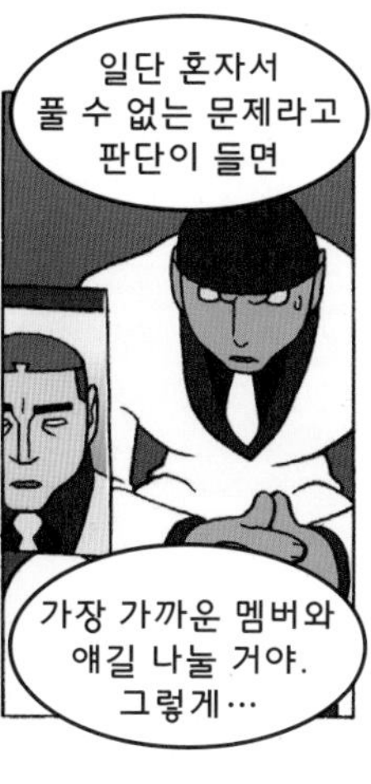
일단 혼자서
풀 수 없는 문제라고
판단이 들면
가장 가까운 멤버와
얘길 나눌 거야.
그렇게…

모두 쉬쉬하며
결국 여기 조건에
대해
백경대 전원이
알게 되는 거다.

빚에 몰린
친구들부터 마음의
동요가 생길 거고
그러고는
동료들 모르게
개별적으로

우리한테
접근할 거야.
그럼 이렇게
얘기해줘.

기회가 된다면
꼭 저희 쪽으로 모시고
싶다고 하셨습니다.
그런 날이 조만간
왔으면 좋겠다고…

ㅎㅎㅎ…
이러다 백경대를
사버리는 건
아닐까요?
ㅋ…
그러게.

타다닥

공작님!
응, 메이헨!

뭐야?
무슨 일인데?

8행성 메인 뉴스에 뜬 엘 가문의 인수 합병 소식 입니다.
이건 거래한 목록들인데요. 알고 계셔야 할 것 같아서…

……
이거 봐, 이거 봐! 내가 뭐랬어?

이게 편애의 결과라고.
귀여워해주면 어느새 기어올라…

이러다 백경대까지 사려드는 것 아냐?
턱

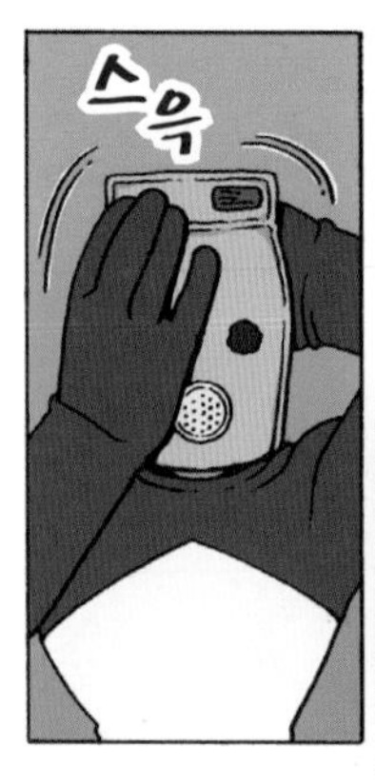
스윽

겁 없이 기어오르는 백작 놈에게
백경대의 위력을…
……

팅
001
!
100

오빠! 딱 100분만 모시는 스페셜 베팅 이벤트!
하아… 깜짝이야.

이 폴리곤 빗치가 오래간만에 사람 긴장 타게 만드네.
아잉… 딱 한 판만 달려요. 네에? 아앙…

선배!
닥쳐!
응?
타이밍 빗치!

……
그건 지나친 무리수야.
그런 막대한 비용을 지불하면서
8우주 전체를 적으로 돌리자고? 하즈, 너답지 않은 판단…
이런 바보 같은 계획의 배경에는
다음과 같은 사실이 있습니다.
잉?
소문이 사실 같다니…?

고산가 측에 추천했던 제 친구 말이죠…
정말 톱클래스 전투 퀑이거든요.
근데 백경대가 아닌 전혀 다른 업무를
고산가 현지에서 맡게 됐대요.
…그래서?
사실 같다는 소문은?
신 백경대…
아버지의 옛 백경대가 아닌
고산 공작님 자신만의 백경대를 새로 조직하고 있다는…
말도 안 돼. 그럼 신입은 왜 꾸준히 뽑아서 출장 보내는데?
그건 위협의 싹을 자르는 거죠.
개인 화력이 다소 딸린다지만 다른 누군가에게 소속된다면
충분히 고산가나 백경대에 위협이 될 수 있으니
백경대로 끌어들인 뒤, 8우주의 출장지로 전부 흩어버리는 겁니다.
20년간 파견지의 물을 마신 아버지의 백경대와
잠재적인 위험 인자들을 흡수해서 내치고
고산 자신에게 절대 충성할
새로운 백경대를 꾸리고 있다는…

A.E.

……
하! 뉴스 보게…
엘가에서 이제 대놓고 고산가와 경쟁하겠다는 거야?
하긴… 그편이 훨씬 더 안전하겠군. 보는 눈들이 많으니…
정말 대단한 친구야.
어떻게 20년 만에 이렇게 성장할 수 있었던 건지…
그때 큰아버지에게 태모신교 성물인
조슈아의 눈을 들고 왔더래요.
혹시 기억 나세요?
허허허… 나야 모르지. 이 집안 객식구인 내가 뭘…
거래하고 싶은 게 뭐야?
북경대국의 짚나이트 거래 독점권입니다.
하아… 그때라면 짚나이트의 활용 가치가 절반도 발견되지 않았을 때인데…
그 친구 선견지명이 있었군.
큰아버지한테 거절당한 이후로도 독점권을 얻기 위한 노력은 계속됐고
몇 년 후 결국 주변의 동의를 얻어냈죠.
당시만 하더라도 물물거래에서 생기는 단순 차익이 고작 이었던 지라
지금 보면 어처구니없는 조건으로 독점권이 넘어갔습니다.
거기엔 선견지명이 아니라 철저한 준비가 있었더라고요.
우라노의 천재 과학자, 핫켄 박사의 발견이 뒷배경에 있었어요.
이른바 신의 피부라 불리는 누멘을 짚나이트에서 추출해냈던 겁니다.
독점권 쟁취 후, 얼마 지나지 않아 박사는 의문사 했고요.

이론상으로만
가능했던 반중력탄이
제조될 수 있었던 건
아시다시피
누멘이라는 경이로운
물질 덕분이었는데

최초로
그 기술을 적용했던
스텐 중공업은
S.TEN INDUSTRY
8우주 제1군수
업체가 됐으며
모든 산업 분야에
누멘 기술이 적용
되면서

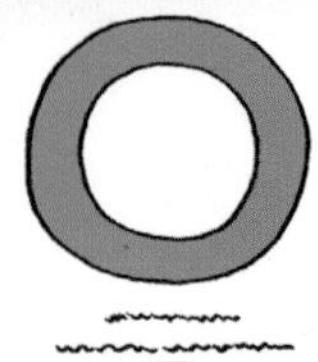
지금의 엘 가문
시대가 열렸죠. 하지만
결코 자기 가문을
앞에 내세우지
않았어요. 오히려 늘
숨기며 지내
왔습니다.

그렇지 않아도
이번 스텐 중공업과
골드윙의 인수 합병
건과 관련해서
몇몇 호사가들의
멘션이 눈에 띕니다.

스텐 중공업에
일부러 저질 짚나이트를
공급해 반중력탄 개발
이후 톱이었던
기업의 가치를
계속 떨어뜨렸단
얘기들…

동시에 부지런히
튼튼한 하청업체들을
사들이고…
모두 독점권
때문에 가능한 만행
이었다는 거죠.

골드윙의
경우도 택배선
제조에 불량품을
쓰게 해
안전 사고율을
높여 남은 주식들을
싼값에…

쭉 기반을 다져온
사업들과 누멘 기술에
군수업체, 물류까지
접수했으니
이제
우리 고산가를
언제든 제칠 수 있게
된 겁니다.

거기다 백경대
같은 조직을 갖게
된다면
고산에겐
넘어야 하거나
넘지 못할… 산이
될 거예요.
지난 20년간
하나의 목표를 위해
줄곧 계획하고 실행해
온 거죠. 무서운 놈들
입니다.

허면
엘 백작에게
있었다는 테러
사건은…?
그 집 아들의
요란한 아버지
사랑…

속내는 알아도
공식적으로 엘가의
스텐 중공업 경영
참여를 반대할
수가 없었죠.
이번 인수 합병
거래의 타당성을
만들기 위한

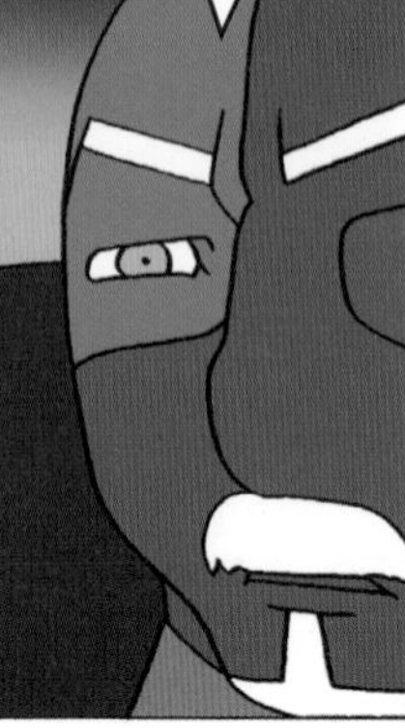
100% 자작극
이라고 확신합니다.

A.E.

에이,
아니라니까…
당연히
롯이 이기지.
야, 내가 좀
놀아봐서 아는데
원래 이빨 센 애들이
별거 없어.
페드릭이 달리
엄지겠어?
아인! 넌
백경대에서 누가
제일 셀 거
같냐?
글쎄요.
두 사람도 세겠지만
역시 고산
공작이 곁에 두고
있다는
헤글러라는
친구가 가장 세지
않을까요?
그러니까 곁에
두겠죠?
아, 그 키가
2미터 50이 넘는다는
괴물 퀑, 헤글러…
뭐야, 왜
갑자기 긴장해?
어차피 평생
만날 일도 없는데?
모두 착석!
!
올 하반기
회계감사팀 발표와
파견지 배정이다.
감사 근무는
출장지에서 약
2개월간…
아, 열 받아!
자택 근무에
하루 네다섯 시간만
일하는 너희한테
말이 출장이지
이건 2개월간 월급
받는 휴가…
배 아파, 이놈들아!
관대하신 하즈 님께
감사하고 충성해!
하하하하…
옛썰!
먼저 회계감사
제1팀장…

네?
아셨죠, 선배? 꼭 좀 부탁해요.
알았다니까! 근데 이것들이 왜 갑자기…
그럼 난 영 순위!
내가 일 순위야! 응? 네가!
오늘 자리 청탁이 폭주하네요.
눈치 빠른 녀석들이 인수 합병 소식에
모두 엘 백작님한테 몰리고 있어.

1년 넘게 고산가로부터는 어떤 메시지도 없었어요.
단 한 번의 소집령도 없었고…
우리 정말 내쳐진 거 아닐까요? 소문대로?
소문이라니?
잘 아시잖아요. 아버지가 물려준 구 백경대는 버리고
고산 공작님이 다시 만드신다는…
뭐하러 그런 무의미한 수고를…?
만일 공작님과 백작님 중 한 분을 선택해야 한다면 선배는…?

A.E.

그…
그런
이유 때문에
백경대를?

네, 고산 공작의
결정은 다소…
덕분에 8우주
전면에 나설 날이 한층
빨리 다가왔죠.

하지만 어쨌든
백경대 사안이 정리
되지 않았잖아.
틱
이 상태라면…

지금 보시는 건
제가 입수한
팅
고산가와
백경대 계약
조건인데요.

제8조 3항,
출장 근무의 경우
1년간 소집령이
없으면
계약은 자동
해지된다…

지금 파견지
근무자들 계약이 소멸
된 지 벌써 2개월…
상황은 이래저래
이미 깨끗이 정리된
상태입니다.

하즈, 하지만
백경대 전체에게
고산가의 8배 급료
조건이라니
평의회
감사에라도
걸리면…

!
팅
팅
팅
팅

뭐야?
갑자기?
아…

하하하…
마침 뉴스로
분위기를 파악한
셈 빠른
귀족들이
축하 메시지와
함께 면담 요청을
해오네요.

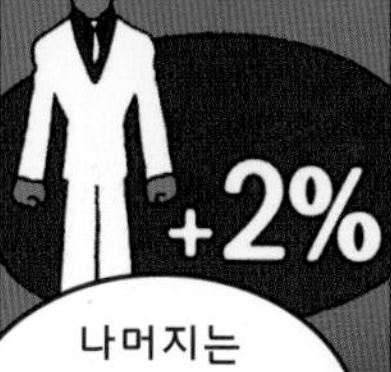
8배 지급은
현재 엘가에 소속된
5명에게만 해당
되고요.
+2%
나머지는
고산가 월급에
인센티브를 더하는
조건으로
귀족들 사업장에
배치할 겁니다.

주인에게 버려진
친구들이 충성을 다할
동기로 충분하죠.
엘가는 하이퍼
전투 퀑들에게 꿈의
직장이 될 거예요.

고산이 뒤늦게라도
그들을 거둬들인다면…?
8우주
제1가문이라는
자존심!
거기다
우리 측에 접근하려던
이 흔적들을
고산가로 슬쩍
흘려보낸다면…
주인에게
등을 보인 자들을
다시 모아요?
주인님이 그라면
어쩌시겠습니다까?
음…
뒤끝 없도록
깨끗이 마무리
하겠습니다.

그럼…
이 침대 생활도
이제 끝인가?
오늘은
여기까지만
하세요.
매일 반나절씩
고생 많으십니다.
아고,
허리야…

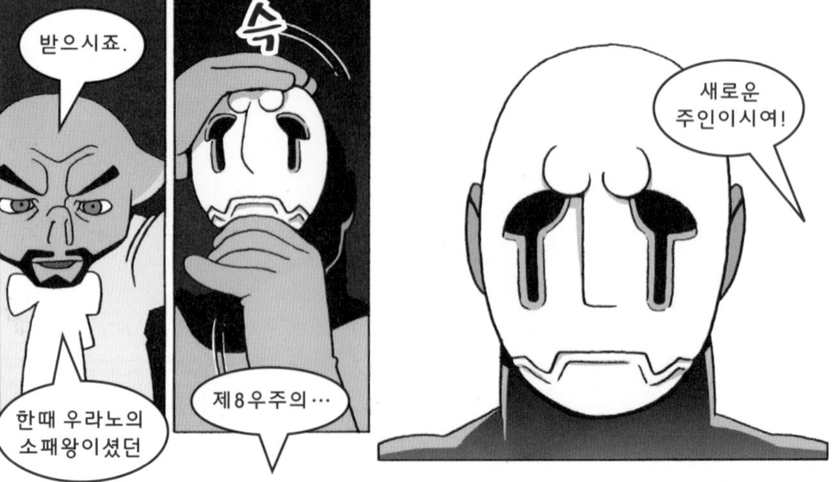
받으시죠.
한때 우라노의
소패왕이셨던
슥
제8우주의…
새로운
주인이시여!

A.E.

메이헨!
!

네 주인은?
지금 옷 갈아입고 계세요.

왜? 들어와!

무슨 일이야, 대머리?

상황은 잘 알 테고…
엘가의 이번 행보에 대해 어떻게 대응할 거야?

…어쩌긴 뭘 어째?
축하해줘야지.

지금 그런 소리가 입에서 나와? 그것들이 우릴 제치면?
이 양반 말하는 거 봐…

자유경쟁 체제라고. 얼마든지 가능한 일이잖아.
……

큰아버지, 제가 이렇게 가르치진 않았어요.
아니에요, 아버지. 이 늙은이가 분명히 그렇게 얘기한 적 있어요.

그 자식들 앞으로 어디까지 치고 들어올지…
우두머리 경쟁에서 2등이란 없어! 한 번 밀리면 끝장이라고!

방심했다간 결국 큰아버지의 백경대까지 사들일 거야.
그러든가 말든가…

뭐?
그것들이 그것들 사 가든지 말든지 관심 없다고.

소집령 없으면
대충 내 의중을
알아야지…
무슨 소리야?
8우주 최강의
경호대를…
최강?
그래, 모이면
행성 하나를 날려
버릴 수 있는 최강의
경호대…
그래서?
응?
그래서
아버지 죽을 때
걔들이 뭘
했는데?
응? 늙은 형아야…
목숨 지켜야 할
그 최강의 경호대가
뭘 하고 있었냐고?
그…
그건…
백여 명이나 되는
그 잘난 것들이 대체
뭘 했냔 말이야?
그것들 중에
단 한 놈이라도 아버지
곁에 있었어?
안 돼!
큰아버지의
죽음과 연결해선!
그 화력을
다른 누군가가
가진다면…
그래서 20년씩이나
데리고 있었잖아!
그놈들 화력이
무서워서 20년간
참아가며
내 백경대를 새로
만들어온 거라고!
잘 들어, 형!
난 아버지처럼
되고 싶지
않아!
쿵 놈들한테
자선의 대가도
못 받고 죽긴
싫단 말이야!
솔직한 내 심정
말해줄까?
지금 당장이라도
그것들 전부 엘에게
팔아버리고
싶어!
왜?
내 백경대로
전부 쓸어버리게!

A.E.

네, 도련님.

바로 퇴근해.
내일은 점심 먹고
출근하고…
그럼 평안한
저녁 되시길…

흐으음…

……

내 인생의
걸림돌이 뭔지
알아?

바로
아버지야.
우유부단하고
나약해빠진…

할 줄 아는 거라곤
여자들 희롱하는 게
전부지.
자신의 판단으로
결정하는 거…

단 한 번도
본 적 없어.

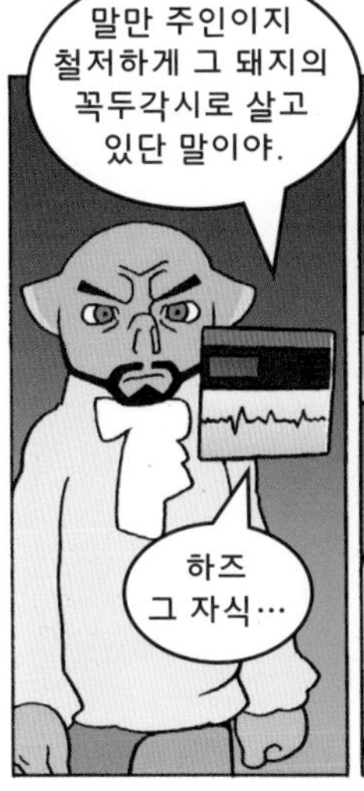
말만 주인이지
철저하게 그 돼지의
꼭두각시로 살고
있단 말이야.
하즈
그 자식…

대체 아버지를
어떻게 구워삶은
건지…
됐어. 그만
주무르고 이리 와.

틱
OFF
우유부단하고
나약하다니…
도련님은
주인님이 어떤 남자인지
전혀 모르고 있어.

넌 내 거야.
나 이외엔 그 누구도
가질 수 없어. 알겠지?
대답해.
네, 도련님.
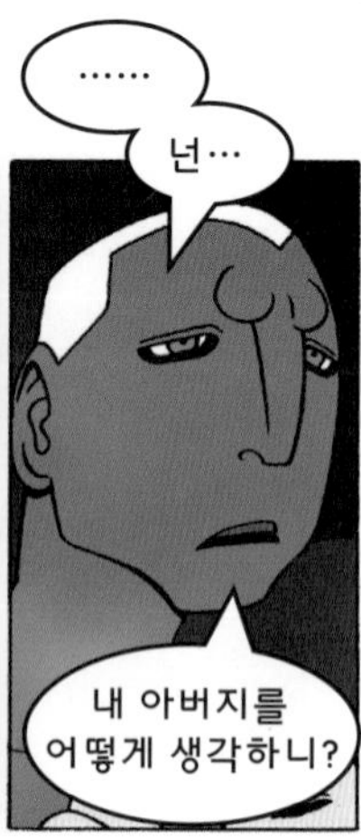
……
넌…
내 아버지를
어떻게 생각하니?

……

우유부단하고
나약하게…
보이실 수도
있겠다고 생각해요.

뭐? 그게
무슨 소리야?
!

백작님이세요.

가이린!
주인님,
몸은…?
어디니? 롯을
보낼까?

아, 아니에요.
근처니까 그러지
마세요.
그래, 어서
내게 와 다오.

네, 주인님.
샤워 마치고 바로
찾아뵐게요.

빌어먹을…
…영감탱이!

A.E.

네에?
칼번의
쿵 부대에서요?

네, 총무님.
실버쿽에 대한
내사 요청이
있었습니다.
이거야 원!
지금 누가 누굴…

평의회 회원국
자격으로 충분히
가능한…
의원님!
의원님!

군사 목적으로
쿵들을 모은 쪽과
일자리를
제공하는 저희가
같을 수 있나요?

아, 아…
물론, 비교할 건
아니죠.
팅
좋아요. 저희는
떳떳합니다.

언제든
실버쿽 제7지구를
조사하세요.
스윽
대신에…

저희도
요청을 드리죠.
팅
칼번의 쿵 부대를
내사해주세요.

평의회령을 교묘히
이용해 편법으로 왜 그런
조직을 만든 건지…
팅
어떻게 구성된
조직인지…

숨겨진 화력은
어느 정도인지…
스윽
그리고
무엇보다…

실버쿽 내사를
요청한 최초의 발의자가
누구인지…
팅
네?

네라니? 내 말 못 들었어?
너희 둘, 이 시간 이후로는 내 눈에 띄지 마! 알겠어?
갑자기 서운하게 왜 이러시는…
닥쳐! 이것들아!
너희 요구 들어주려다
지금 부대가 발칵 뒤집히게 생겼어!
실버퀵인지 뭔지 내사 동의 요청했다가
역으로 평의회가 우릴 감사하기로 했다잖아, 젠장할!
괜히 찝쩍거렸다 아주 개박살 나게 생겼다고!
너흰 지금 총살 당해도 할 말 없어!
제기랄! 이제 진급은 꿈도 못 꿔!
너희들 이 사태를 어떻게 책임…
후다닥
…응?
후우우우…
아, 진짜…
내가 뭐랬어? 쓸데없이 일만 만들었잖아!
그냥 하던 대로 용돈벌이나 하자니까…
어쩔 거야? 분위기상 어떻게든 책임을 물을 것 같은데…
염병할 평의회가 뜬금없이… 돈을 받아 처먹었나?
…나가자!
나가자니? 탈영하자고?
탈영? 누구 마음대로?
스윽

여긴 쑥대밭으로 만들어놓고…
다른 사람들은 어찌 되든 너만 살면 된다는 거야?
이 미친…!
퍽
너 때문에 부대 없어지면
퍽
퍽
퍽
생계 잃고 흩어져서…
사보이들 타깃이나 되라고?
팍
상사님, 진정하세요!
어쭈!
이거 안 놔?
턱
이게 지금 분위기 파악 못하고…!
슈슉
!
?
슈슉
훽
크아아악…!
탈영이라니? 왜 넘겨짚고 그래?
탁
퇴직하려는 거야.
그리고 걱정 마. 이제 더 이상 쿼 능력은 쓸 수 없을 테니
철컥
사보이들이 널 노릴 이유는 없어.

이 개자식…!
아, 출혈!
어서 팔 올려요!
어쩌려고…?
어쩌긴. 지금
벌어진 일
때문에라도
난 더 이상
이곳에 있을 수가
없어.
대대장님 뵐
면목이 없네…
날 이 꼴로
만들고 네가…!
여기보다 대우
좋은 곳 발견하면
연락해주세요.

그래,
그럼…
자, 자!
어서 의무실!
연락 꼭…!
……
흠… 일이
그렇게…

그래, 이곳에서의
인연은 여기까지
인가보군.
죄송합니다.
저 때문에…
아니야.
어차피 한 번은 겪을
일이었어.
칼번 지휘부가
만만치 않지. 결국은
평의회가 간섭을
포기할 거야.
그동안
베풀어주신 친절과
보살핌, 늘 기억
하겠습니다.
나야말로! 자네
덕분에 우라노에서
살아남았는걸.
모쪼록…
건투를 비네.

……

갑자기…
전부 정리돼버린
기분이군.

하긴…
떠날 때도
됐지.

이곳에서 내 몸은
완전히 회복됐고

그동안
8우주 전역의 쿼들에
대한 정보를 확인해
봤으니…

다만 한 군데…
실버퀵!

택배 회사로
가장하고 쿼들을
납치한다는…

죽은 게
아니라면

분명히 그곳에
있을 거야.

근데…
거길 어떤 식으로
접근하지?

하도르…?

!

A.E.

크흐윽…!
바… 바헬…
대체… 내게
왜…?
크흑…!

그건 네가 더
잘 알 일이지…
마마의 자비에도
한계는 있어.
퍽
잘 가, 쓰레기
이단 놈아!
퍽
퍽

중얼
중얼

자유의 몸을
허락하신 마마의
은혜에 감사
드리오며

실버퀵 내부로
잠입해 종단의 질서를
깨뜨리려는
이단 악귀들을
뿌리 뽑는 그날까지
제 임무를…

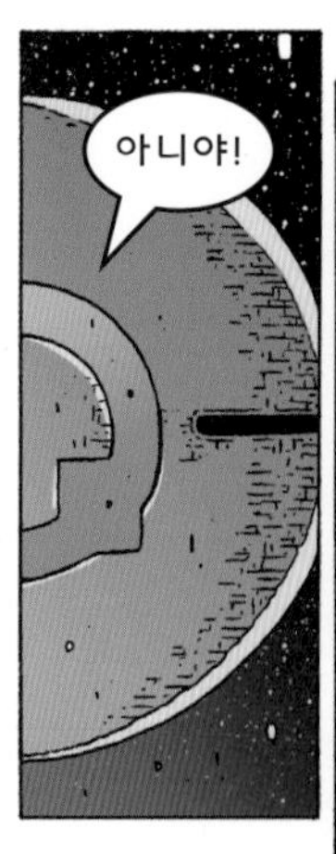
아니야!

아니라니까!
한번 볼래?
안 돼!
하지 마!

춥춥…

……

이거 봐. 아무 일
없잖아. 가래떡
같은 건…
……

그치?
……

저…
정말이네.
어디 그럼
나도…

지잉

자…
잠깐만!
쟤가 시작했어!
왜 나만…!

팅
……

체크!
이번 신입에선
이놈까지 모두
두 명…
어째 이런 것들이
조금씩 늘어나는 듯한
느낌이…

실버퀵 내부에서
쿵 기술이 발현되면
물리적 오류를
감지해 바로 전사체가
대응하도록 세팅돼
있는데…

어찌 된 일인지
백 명당 하나꼴로
전사체가
감지하지 못하는
놈들이 있어.
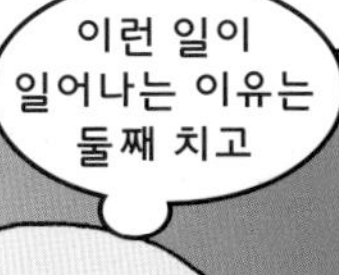
이런 일이
일어나는 이유는
둘째 치고

종단
사령부에선 이와
관련된 내 보고를
계속 무시하고
있다.

기껏 내가
할 수 있는 일이라곤
제어할 수 없는 그
잠재적 위험들을
사고사로 위장해
하나씩 제거해
나가는 것…

일단
바벨의 살생부에
이름을 올리기
전에
확인할 일이 하나
있지. 이놈과…

또 한 놈…

……
맙소사…

너 정말 8우주 항법 조례를 전부 외웠구나…
쿵 능력이 암기라도 돼?

아… 아닌데요.
전 공간 왜곡…

무슨 짓이야? 본부 안에서는…
……
죄송 합니다.
…응? 가래떡은…?

…그래, 복습에 예습도 모자라 암기까지…
대부분 신입들은 힘들어 하던데… 넌 이곳이 지낼 만한 거냐?

저… 저기요, 반장님!
텁

저, 오늘 아침에도 눈을 뜨면서 정말 불안했거든요.
제가 지금 이곳에서 누리는 혜택들이

혹시라도 꿈은 아닐까 싶어서…
좋은 분들과 이곳에서
정말 열심히 할 거거든요.

제게 주어진 이 소중한 기회, 좀 더 잘 적응 할 수 있도록
남들보다 많은 숙제 부탁 드려요.

……

지… 진심이 전해졌어. 좋아, 다음 시간까지
8우주 상법 조례도…

그 경우는…
평의회가 정한
조정률에 따라…
!
아…!
놀라지 말아라,
아들아.
난 태모님의 전령,
천사 카마엘.
실버퀵에서
제공하는 종교 체험
담당이란다.
아직 태모를
알지 못하는 우리
훈이에게
구원과 복음의
메시지를 전하려고
찾아온 것이야.
나와 친해지면
장기 근무를 보장
받지. 반가워.
아…
안녕하세요.
착한 아이네.
찰칵
몸의 파장…
음성 톤…
오케이…!
이 녀석은 몇 번
반복 세뇌하면
반장 바헬처럼…
내 심복이
될 수 있겠어.

A.E.

……

이 해킹
내용들은
바로
알려야겠다.

……

……
아…

팅!

이건…

엘 백작 측과
접촉을 시도한
파견지 근무 중인
백경대원들의 명단과
대화 내용입니다.

엘가로
이적할 의사와
조건에 관한 구체적인
액수까지…
이… 이렇게나
많은 대원들이?

끼익

아, 깜짝이야!
제발 나 여기
있을 땐 봉투 좀
벗지 말라니까…

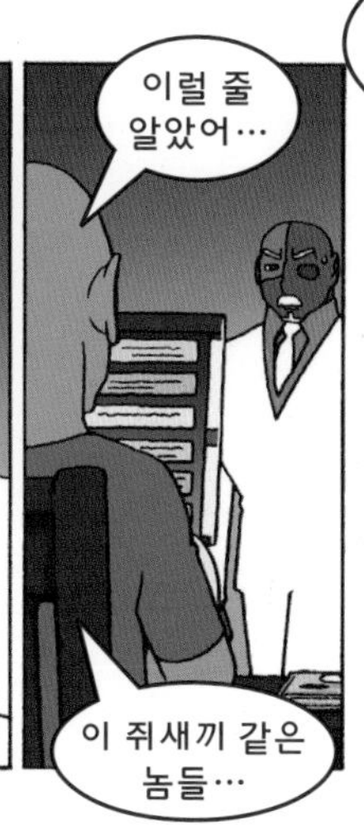
이럴 줄
알았어…
이 쥐새끼 같은
놈들…

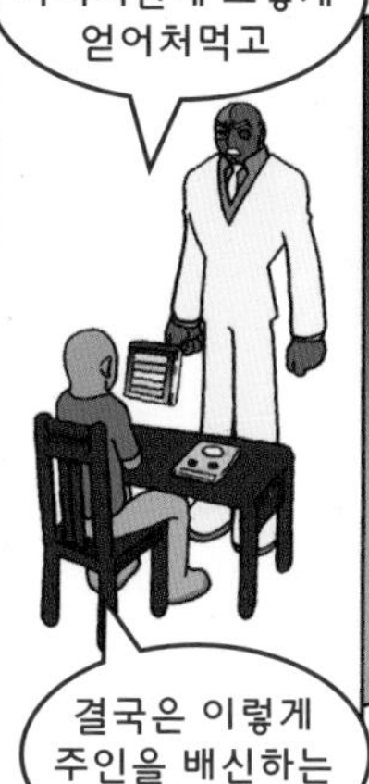
내 말 맞지?
아버지한테 그렇게
얻어처먹고
결국은 이렇게
주인을 배신하는
거야.

흥분 가라앉혀.
네 뚜껑 열릴까봐
온 건데…

뚜껑은 이미
20년 전에 열렸어.
그리고 줄곧
이 하이에나 같은
것들한테 흥분해
있는 상태라고.

여기 명백한
의도들을 확보
했으니
주저없이 완전히
박살낼 거야!

언제?
이따위라면
분명히 조만간
또 다른 계기가
생기겠지?

치는 것 외에는?
다른 방법은 생각
안 해봤어?
왜 해? 아버질
지키지 못한 대가를
치르는 건데!

그랬다간 거의
전쟁 수준의…
쳐내고 나면
파견지 공백은
어떻게…
아니 잠깐!

젠장할! 제발
봉투로 얼굴 좀
가리라니까!
무슨 말을
못하겠잖아!

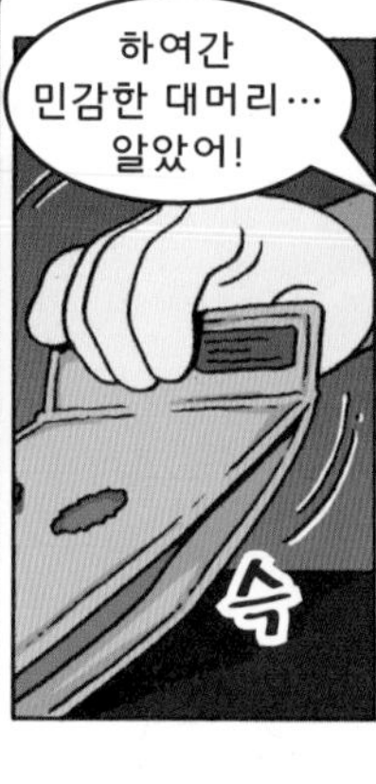
하여간
민감한 대머리…
알았어!
슥

파견지 근무는
지금처럼
내 백경대
화력보다 딸리는
애들로…

계속 채워
나갈 거야.
구 백경대를 쓸고 나면
앞으로는

번거로움을 피하고
평의회 감사팀의
시선이
쏠리지 않게
아예 파견지에는
스카우터만
보내

거기서 직접
쿵을 조달하게
할 거야.

chapter II .02-1

콴의 냉장고

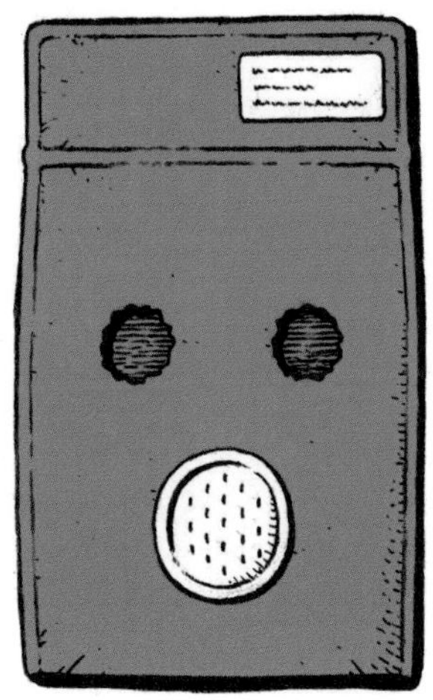

새로운
멤버?
갑자기 그게
무슨 소리야? 애플에
새 멤버라니?
우연히 얘길
나눴는데 우리한테
필요하겠어.
실력 있는
녀석이야.
믿을 만해.
네가 믿을 만
하다고 하면
어쩐지 뒤통수칠
놈이란 소리로밖에
안 들려.

어떻게 생겨
먹었는데?
보여줄게.
……
아, 그래…
오며 가며 본부에서
두어 번 마주친 것
같다.
지난번 노인네 셋
빈자리도 있고
해서…
애플 멤버 모두
찬성하는 분위기야.
어때? 너도…
그래?
난 반대!
뭐? 왜…?

왜라니?
뜬금없잖아.
특별한 계기가
있었던 것도
아니고…
몇 마디 말로
사람을 어떻게
안다고…?
일단 받아들이면
내칠 수도 없는 게
우리 조직인데.
무엇보다
충원하기에는
실버쿼 강아지의
시선이 따가워.
어떤 녀석인지
좀 더 신중하게
판단해야지.
그런 의미로
난 반대야.
아, 이건 예상하지
못했는데…
이 자식,
평소답지 않게…

아, 알았어.
넌 반대 입장…
뭐 어차피
다수결이니까.
근데 뭐야,
얼굴은 또 왜 그래?
누구한테…
누구한테, 가
아니라 누구를, 이란다.
복귀 후에 보자.
팅
OFF
뭐야,
다짜고짜…
……
생각할수록
이상하네. 애플 모두가
찬성하는 분위기?
뭘 근거로
다들…
그래,
물어보자.
응?
새 멤버라니?
난 처음 듣는데?
응? 정말?
정말이야.
새 멤버라니?
나도 처음
들어…
나도!
나도…
……
뭐야, 제트
이 자식…
왜 나한테
거짓말까지
해가면서
그 녀석을
애플 멤버로…?
주인님!
다음
목적지…
행성
모압입니다.

끄응…

내가 너무
조급했나?
랜돌프
영입에 가장
마음이 걸리는 건
다이크,

그래서
맨 먼저 녀석의
동의를 얻으려던
건데
반응이 뜻밖이라
설득조차 못 했네.

에브라임 쿵을
찾은 이상 꾸물거릴
이유가 없다고…
당장
멤버 충원해서…

아, 그러고 보니
오락가락하는 기억에
대해 다이크와
통화하려는 것도
잊고 있었어.

젠장할! 강아지의
꿍꿍이에 랜돌프의
등장까지…
갑자기 상황이
꼬여버렸다.

!

……

…녀석이다!
에브라임…

엄청
경계하네.
하긴…
……
저기…

후다닥

그래, 이건
기두나 다이크에게
맡기자.

팅
!
데마가 그러던데
새 멤버라니?
응?
이런 제기랄!
그새 확인차
서로 연락을?
모두 찬성하는
분위기는 또 뭐야?
다들 나처럼
처음 듣는다던데…
아, 그거야…
손짓으로
얘기하다 보니 뭔가
오해가 생긴 모양.
너희가 동의를
했다는 게 아니라
너희에게 동의를
구하겠다는…
……
그래? 그게
누군데?
랜돌프 군!
슥
그렇게
긴장할 거 없어.
이번에 아담이
많이 거칠었지?
널 다치게
하려던 건 아니야.
진심으로
사과할게.
이렇게
의무실에 누워
있게 할 의도는
없었어.
대신
사과의 의미로
다이크가 누군지
알려주려고…
!
여기…
이 꼬마!

스쳐지나며
한두 번 본 적
있지 않아?
뒤통수에 붙어
있는 건 뇌전단
스캐닝 장치야.
이놈을
심신이 붙어 있는
상태로 누군가에게
데려가야 한다며?
아쉽게 됐네. 분명히
말하지만 이 녀석의 경우는
우리 짓이 아니야.
실버쿼 계약 담당인
우리엘 양에게 처음 발견
됐을 때부터 이미…

아이의 몸에
옮겨진 이 상태로…
폐기 처분을 기다리던
실험체 같은 거였대.

중얼
중얼
중얼
중얼
똑똑
!
스르릉
자, 이거…
마시면서
공부해.
아,
감사합니다.
……

으읍!
자… 잠시
화장실 좀…
응?
갑자기 몰려와?
도와줄게.
점검중
오, 이런!
하필이면…
많이 급할 테니
그럼…
여… 여긴?
이건 뭔가요?
응, 일명 카마엘의
보은이라 불리우는
구멍이야.
카마엘…?
천사님의…?
응, 내가 실천한
사랑의 흔적…
여기엔 이런
사연이 있어.

실버퀵 제7지구 건설 당시
자원봉사로 참여한 신도들 중에는
종단 사업의 성공을 기원하며 자신의 여생을 바쳐
불철주야 쉬지 않고 일을 하던 분들이 많았지.
열악한 작업 환경과 과로는 병을 불렀고
거동이 불편해져 마침내 화장실 이동조차 힘겨운 분들이 생겨났어.
이에 난 그들의 희생에 조금이라도 보답을 하고 싶었던 거야.
치지직
화장실까지 갈 필요 없이…

쓰윽
이렇게 밀어 올리면 바로…
오물 탱크로 연결되는 이 작은 구멍은
태모신교 인본주의의 대표적인 상징이 돼버렸지 뭐야.
……
도대체… 무슨 소리지?
아… 아무튼
제게 당장 필요한 건…
……
좋아, 이제…

네 몸을 필터 삼아 음료에서 분리된 사용 금지 물질이
소변으로 배출돼 구멍을 따라…
택배선 항로 통제 시스템 하드웨어까지 흘러 들어가게 돼.
오류를 내며 설정값이 초기화되지.
그렇게 되면 같은 항로의 다른 라인을 쓰고 있는 골드윙의 배들과
여기저기서 연쇄 충돌을 일으킬 테고…
이것이 결국 고산가와 엘가의 충돌로 이어질 거야.
제8우주…
전쟁의 서막!

……

저기 그러니까…
꼭 이런 자세여야 하나요?

응, 거동이 불편한 분들에게 맞춰진 설계라…

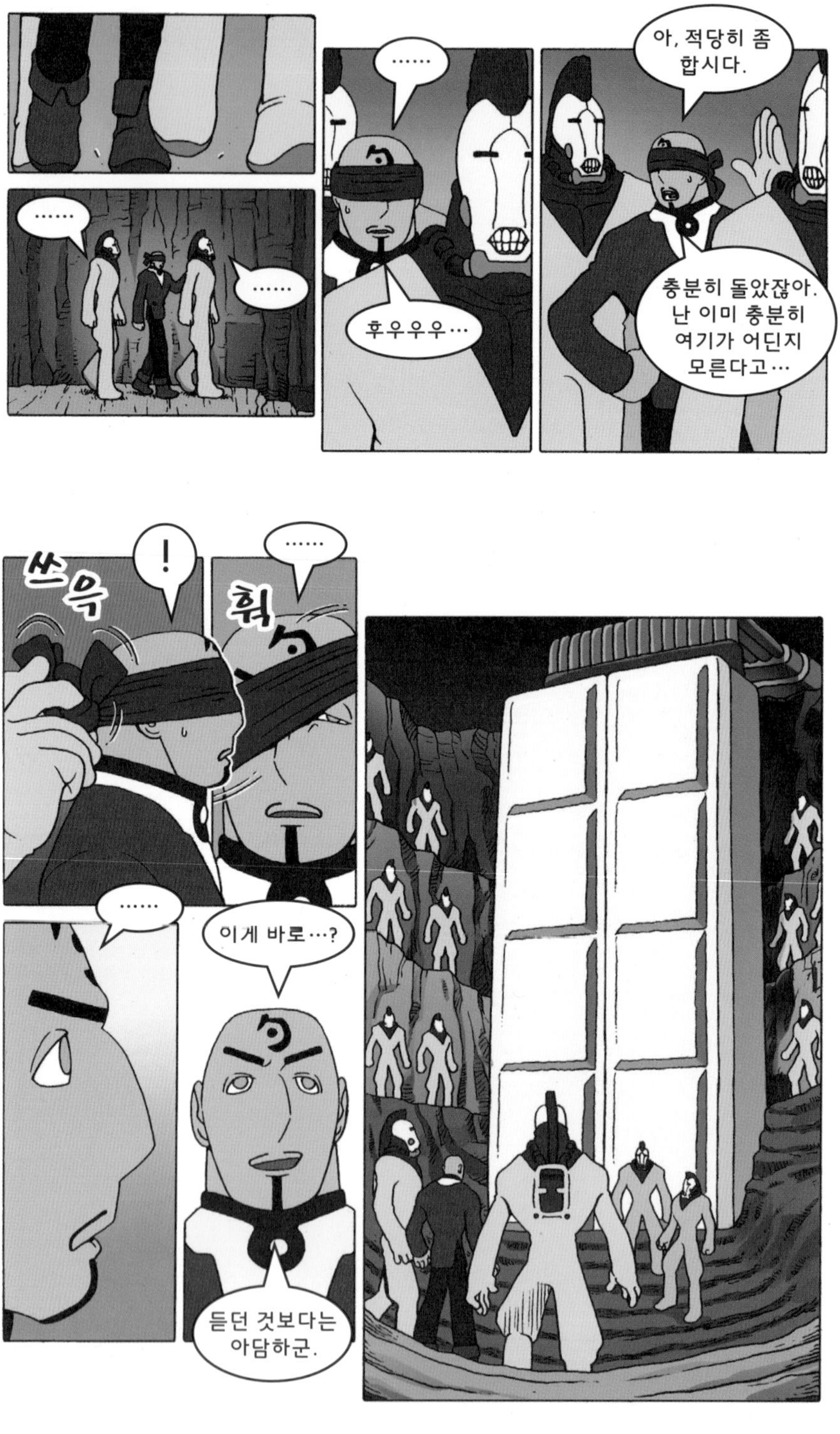

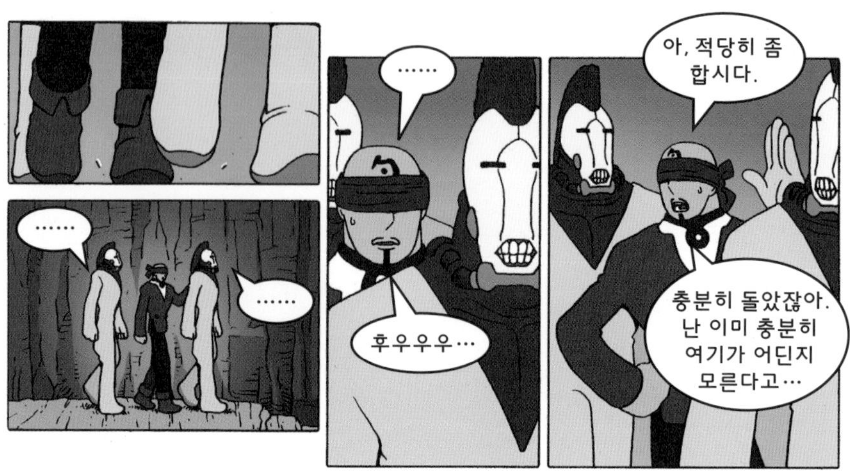
……
……
……
후우우우…
아, 적당히 좀 합시다.
충분히 돌았잖아. 난 이미 충분히 여기가 어딘지 모른다고…

쓰윽
!
휙
……
……
이게 바로…?
듣던 것보다는 아담하군.

먼 길 오느라
고생하셨어.
턱
당신도
소문보단 아담하군.
룰은 알고 있겠지?
성공하면 20%,
실패하면
보안 유지를
위해…
이해해주길
바라.
우리도…
어쩔 수 없는
거라서 말이야.
20%…
나중에
딴소리하면 전부
쓸어버린다.

당신들
운이 좋아.
내 할법을
눈앞에서 감상
하다니…
우우웅

……
……
끄아아아아…
할!

……
그… 그래!
내 기술이 이런 식으로
들어갈 거라 이 말이야.
자, 그럼 이제…
끄아아아아…
할!
…할!
할!
할!
할!

할할할할…!
시끄러…

슉

팍

슉
털썩

착
뭐야, 이거…
우라노의 사천왕과 싸웠다길래
이번에는 기대를 좀 했더니…
콴의 냉장고…
저걸 열 수 있는 놈은 정말 없는 거냐?

……

이번에도?
네.

냉장고 안의 물건… 돈으로 환산해서
계좌 이체까지 얼마나 걸린다고 했지?

소문대로 최상품이라는 전제하에 1주일…
빠듯합니다.

아이본, 방금 들었다시피 우린 시간에 쫓기고 있어.
2, 3일 내로 열지 못하면

우리가 물어야 할 이자… 전부 네가 떠안는다.
네엣? 그… 그런 법이…

그런 법이라니? 우린 네 말만 믿느라 다른 라인은
알아볼 수도 없었어.

그러니 당연히 네 책임인 거지.
거래의 기본 아닌가?

2, 3일 내로 반드시…
그 문을 열 수 있는 쿵을 구하겠습니다.

천천히 해도 돼. 우리가 갚아야 할 것 외에는
전부 네가 책임지는 거니까. 그럼…

수… 수마이 님!
OFF
팟
……

이… 이런 제기랄!
역시 이 깡패 놈들과 거래하는 게 아니었어! 이런 덤터기를…

그렇게 급했으면
선금이라도 내든가…
촤악
내가 하는 일이
그렇게 만만해
보여?
염병할! 마지막
보루였던 이 멍청이는
큰소리치더니
사람 꼴 우습게
만들어놓고…
더 이상 이 짓도
못 해먹겠어!
어떻게
몇 년 사이에
이렇게까지 시장
구조가 망가지는
거지?
리스트엔
쓰려면 연결 안 되는
개똥 같은 놈들로만
가득 차고…
후우우우…
그 빌어먹을
냉장고…
내 목록에
그걸 열 만한
레벨의 쿵은…
이젠 모두 털렸어.
남은 거라곤…
사보이들
리스트와 그것들에게
넘길 고만고만한
녀석들뿐이야.
……
아, 차라리
사보이들이라면
열 수 있지 않을까?
쿵 잡는…
!
그래!
쿵 잡는 쿵!
아, 내가 왜
미처 그 생각을…
우라노의
그 악명 높은
사보이 쿵,
펜타곤!
그것들 흩어지고
몇몇은 행방불명
이랬는데
틱
혹시
남아 있는 놈이…
…있다!
리더였던
엘드곤!

터엉

콰앙

슈슈슉
흐음…

인상적이군…
지금 보시는 건 그동안 이 친구가 받아온 훈련 내용들입니다.

푸하하하… 이런 디테일까지…
주완!
네, 남작님.

내가 자네와 거래하는 데는 몇 가지 이유가 있어.
우선 둘째가라면 서운해할

8우주 최고의 쿵 전문가라는 거야.
인정합니다.

쿵들에 대한 정보 수집 능력과 정확성…

거의 모든 종류의 쿵 기술에 대한 이해와 적용, 그리고 응용까지…

자넨 그것들을 바탕으로 하는 최고의 쿵 조련사이기도 해.
자네가 다듬어놓은 녀석들은 그야말로 최상급.
나 같은 하급 귀족이 고산가와도 거래를 할 수 있게 된 건
그런 퀄리티 덕분이니 늘 감사해하고 있어.
그럼에도 쿵 전투력 자체 평가서는
아마 8우주에서 제일 짤 거야.

물론, 그래서 의뢰인들이 지금까지 단 한 번도 실망한 적이 없지.

20년 전
아오리카 사태로
촉발된 하이퍼 쿵
마켓에서
자넨 정말
독보적이라고.

이 친구도
잘 팔아볼게.
쓱
쓱

이건 자네 몫,
그럼 또…
팅

……

000,000,000,

저 역시 남작님과
계속 거래하는 이유가
있지요.
절 진정
물심양면으로 인정해
주시기 때문입니다.

주완아!
팅
탓
OFF

엇? 방금 화면,
뭔가 상당한
숫자가…

형님이 오늘
제게 뜬금없이 전화할
경우의 수였어.

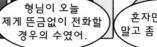

야, 장사는
여전하지?
혼자만 처먹지
말고 좀 나눠 먹자!

나눠 먹자니…
귀족들이 형님 같은
천민을 상대하기나
한대?
그렇게
징징댈 시간에
나 같으면 새로운
시장을 찾겠어.
용건은?

우라노의
펜타곤 리더
엘드곤…
그놈이라면 콴의
냉장고를 열 수
있겠지?

맙소사! 수마이의
제안을 문 거야?
내가 안 통하니까
형님한테 갔구나!

아무리 배고파도
그렇지. 무슨 봉변을
당하려고?
아, 그런 얘긴
돈 좀 꿔주면서 해!

관의 냉장고는
사물 쿼이야.
엘드곤 같은
보통의 생체 쿼이
열 수 있는 게
아니라고.
보통? 그 녀석
하이퍼 아니냐?
아냐. 기술이
드러나는 다른 방식
때문에 하이퍼처럼
보일 뿐이야.
무엇보다
하이퍼라고 해도
그걸 연다는 보장은
없다니까!
그… 그럼
난?
삼가 고인의
명복을 빕니다.
야! 야!

팅
스윽
…뭐야,
이건?
나와는 관계
없는 행성 모압의
하이퍼 쿼
리스트…
시간에
쫓기고 있을 텐데…
차라리 모압에서
해결책을 찾아.
누가 알아? 운 좋게
문을 열게 될지?
아, 고마워…
에이, 그냥
냉장고 열쇠가 있으면
딱인데…
열쇠라니…?

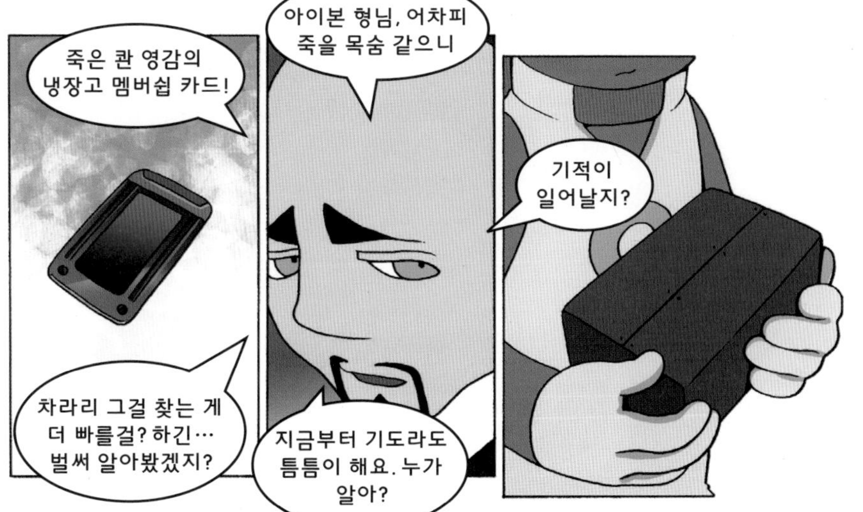
죽은 관 영감의
냉장고 멤버십 카드!
차라리 그걸 찾는 게
더 빠를걸? 하긴…
벌써 알아봤겠지?
아이본 형님, 어차피
죽을 목숨 같으니
지금부터 기도라도
틈틈이 해요. 누가
알아?
기적이
일어날지?

……

아, 이 양반은 무슨 주문이 이렇게 복잡해?
그냥 물건만 전할 것이지…

냐하냐…
주인님, 다시 말씀드리지만 지금 지나는 곳은 슬럼가예요.

무엇보다 신변의 안전을…
야, 나도 빈민가 출신이야.

신변의 안전이라니…
여기 사는 사람들이 어때서? 못 살면 위험한 거냐?

진짜 천박하고 위험한 놈들은
화장실에 비데 놓고 사는 중산층 속물들이라고.

……
그게 무슨…

빈민가가 위험할 거라는
근거 없는 편견은 버리란 말이야.

철컥
철컥
……

이봐, 그거 열면 폭발해.

뭐야, 달랑 이게 전부야?
보안 카드… 같은 건가?
뒤통수 소켓, 엄청 단단해 보이는데 어디…
툭

털썩
주… 주인님!
퉁
탕
탕
오! 안 깨졌어.
역시 단단해.
형님, 얘는
어쩔까요?
어쩌긴. 그냥 적당히
길 옆에 치워놔.
팅
엇! 뭔가
정보가 뜬다.

……
턱
받는 사람 이름이
지로…?
지로…
지로라면…
시끌벅적
웅성
웅성
승
승
스윽

슥
승
히히히히…
하여간 탐나는
재주여…
슥
여… 여기…
빨리…
빨리… 약…
우리의 친구
쓰레기 콩 지로
말인가?

정말 감사합니다.
덕분에 가족들을 모두 부양할 수 있게 됐습니다.
고맙긴. 자네 노력의 대가지.
그동안 고된 훈련 견뎌내느라 고생 많았어.
거기에 따른 보상이니까 달게 받으라고.
얼마를 상상하든 그 이상을 받게 될 거야.
앞으로의 일은 남작님께서 진행하셔. 귀족들 대하는 태도 늘 기억하고…
부디 몸 성히… 건투를 빌어.
외람됩니다만 아까 우연히… 대화를 듣게 됐는데요.
그 형님이라는 분, 제가 모압까지만 모셔다 드려도 될까요?
아냐! 아냐! 무슨 그런 당치도 않은… 신경 꺼!
시간에 쫓기는 것 같던데. 다른 분도 아니고 매니저님과…
신경 끄라니까. 그런 헛수고를…
제게 찾아온 좋은 기운을 그분과도 나누고 싶어서요.
모압까지만 바래다드릴게요.
……
주인님! 덴마 주인님!
어서요!
!
어서 일어나세요! 도둑이…
주인님 옷가지랑 고글까지 전부…!
저기 저놈!
후다닥
윽…!
헤헤…
끄아아아악…!
아파… 제기랄!

이 구제 불능
슬럼가 놈들!
팍
뒤통수에 대고
바로 쏴?
끄흐으윽…
내 이 미친
것들을…
잠시만 기다려
주세요. 지금
비행선으로…
초장부터
느낌이 안 좋아,
이거!
네?
염병할!
어쩐지 이번 일…
전에 없던 개고생이
될 것 같다고!
슈슈슉
……
여… 여기가
행성 모압?
괴… 굉장하군.
이게 말로만 듣던
행성간 이동…
어떤가? 이왕
돕는 거 마무리까지…
대가는 후하게…
죄송합니다.
여기까지만.
그럼 이만.
슈슉
……
그래,
이것만 해도
감사해야지.
지금 내겐
냉장고 문을
여는 게 중요한 게
아니야.
여기까지 와서
퀑을 찾는 성의를
보인다는 게
포인트!
그간의 직간접
거래도 있고… 설마
그것들 내 면전에서
그런 억지는…
열리면 좋고,
안 열린다면
그때까지
최대한 많은 하이퍼
퀑들을 희생시켜서
놈들의 억지를
무마시켜야 돼.
맨 먼저…
행성간 이동이 가능한
하이퍼 퀑!
지로라는
이놈부터다!

뭐? 리조트
회원권?

응, 기한이 좀
남아 있네.
그럼 돈으로
바꿀 수 있다는
거지?

못 믿겠으면
이걸로 확인해.
아, 됐고! 그래서
얼마 쳐줄 건데?

……
현재 거래가로는
내 수익 좀 떼고…
300 정도?

400!
뭐?

싫으면 관두고!
알았어!
350!

……
나 원…
어이가 없네.

어떻게 이 열쇠가
저런 꼬마들 손에서
넘어오는 거야?

틱
보자,
물건값 제대로
쳐줄 분이…

어떤 놈이
감히 내 핫라인을
이용해?
간만에
인사 올립니다.

그간 별고
없으셨죠, 장군님?
뭐야, 무슨
물건인데?

예?
아, 왜 안 된다는 거요?
당신이 외행성 스카우터가 아니라는 보장 있어?
요즘은 행성 단위로 움직이면서
쓸만한 쿵들을 귀족들에게 먼저 팔아 넘기는 놈들이 많아져서.
상거래 도덕이란 게 있지. 남의 시장에서 그 무슨 양아치…
콴의 냉장고!
응?
2, 3일 내로 그걸 열지 못하면 곤란해져 여기까지 온 거요.
아, 수마이한테 걸려들었다는 그 멍청이가…?
업계 소문인 것처럼 이야기 맙시다.
그랬구나… 알았어. 순간이동 쿵 빌려줄게.
잠깐! 잠깐! 어쩐지 지금 기분 나빠지려고 해.
보통 1000은 받는데 그냥 700에 해준다.
닥쳐! 500이면 충분할 일이거든!
슈
슉
500이면 내가 직접 해야 돼.
빙수 잘 먹을게. 아가씨, 여기!
아니, 뭐 이런…!
우에엑…
주인님! 괜찮으세요?
제기랄… 충격 반응이 이제야 오나…
우으읍…
아… 앞이…
앞이 잘 안 보여…

절대 책임
우주 택배 골드윙
입니다.

누구한테 오는
물건이오?
이곳에 계신
이안이라는
경무관님께…

뭐야, 이
파리들은?

수마이의
수하들입니다.

경무관님,
직접 수령하실
택배물이…
!

배송 시간…
칼같군.

그래, 수마이
그 녀석이 노리는 건?
정황으로 볼 때
추방당한 조직이 남긴
약인 것 같습니다.

품질과 수량…
상당히
기대하는 눈치
입니다.

정하는 목표나
그걸 수행하는
방식이나…
녀석답군.

모압에 소문이
퍼질 걸 염려해
외행성 업자에게
쿵들을 수급했던
모양입니다.

지금까지
대여섯 명의 쿵들이
시도했지만
모두 실패했다는데
녀석들을… 지금
칠까요?

내버려둬. 어차피
쿵 따위가 열 수 있는
물건이 아니야.
무엇보다
냉장고를 노렸다는
점에서 단순 체포로는
부족해.

그… 그럼?
냉장고 안에서
해결해야지. 무슨
의미인지 알겠어?

그것들 약이나
훔치러 들어갔다가
안에 들어 있는
물건들 보고
까무러치겠군.

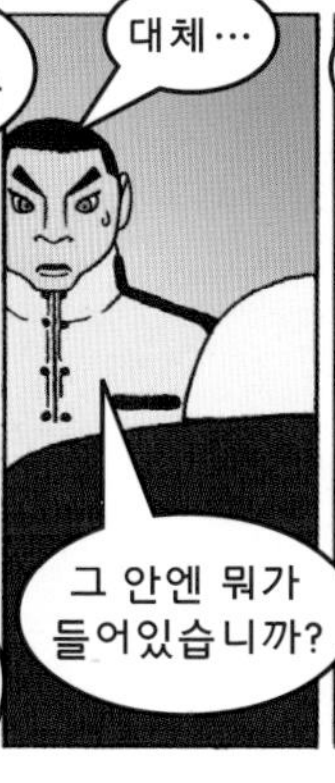
대체…
그 안엔 뭐가
들어있습니까?

여기 이 양반들의
물건들…

냉장고 멤버들이
아끼고 모으고 숨기고
훔쳤던 여러 가지…

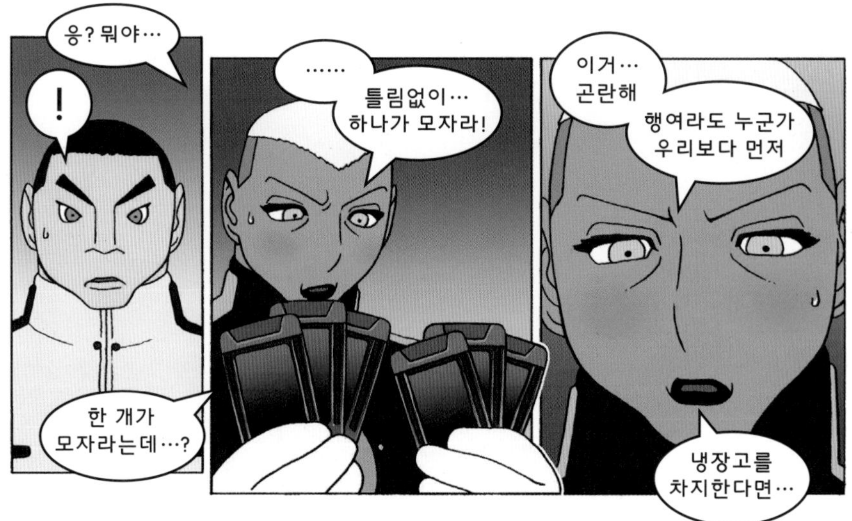
응? 뭐야…
!
한 개가
모자라는데…?
……
틀림없이…
하나가 모자라!
이거…
곤란해
행여라도 누군가
우리보다 먼저
냉장고를
차지한다면…

엄마…
나야, 이번 달 생활비 입금했어.
그래, 고맙다.
어떻게 지내니? 얼굴 보면서 통화 하자.
아냐, 다른 직원들한테 실례되니까 영상통화는 지금 어려워.
난 잘 지내고 있으니까 엄마나 신경 써.
……
큰오빠는?
……
으응…
집에…
턱
엄마…
제발 큰오빠 내보내.
또 그런 소리…
그러지 말라니까.
큰오빠 때문에 작은오빠 까지 중독…!
밥 잘 챙겨 먹고
월요일엔 집에 오렴.
월요일? 무슨 일인데?
큰오빠 생일이야.
……

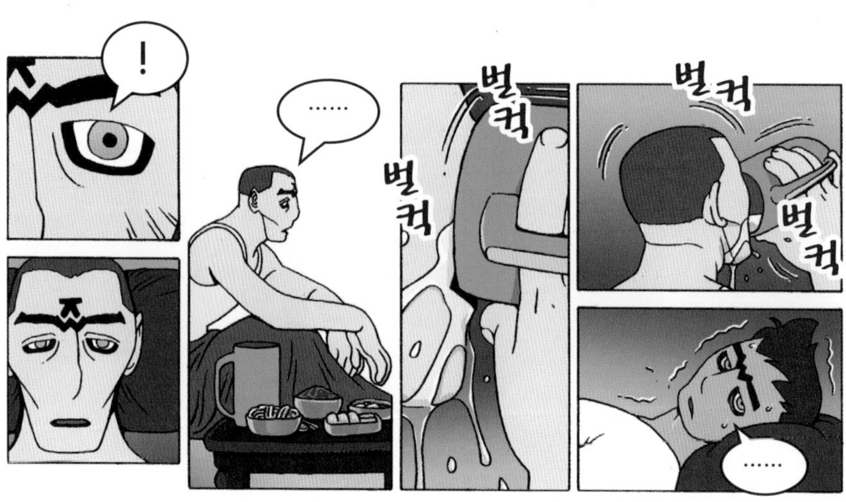
!
……
벌컥
벌컥
벌컥
벌컥
……

혀… 엉…
!
형…
약 좀
더 줘…
……

……
우걱
우걱
우걱
우걱
우걱
우걱

지로…?

뭐야, 이 약쟁이는 누구한테 추천받은 건데?
약쟁이?

행성간 이동 능력 하이퍼라고 거기…

이건 게오르그 필터 값으로 추정되는 예상 능력치지.

행성간 이동이 가능한 필터 값을 가진 퀑들은 의외로 많아.
하지만 실제로 이동할 수 있는 친구들은

이 8우주 전체를 통틀어
불과 기백명…

일반적인 순간이동과는 달리
극한의 훈련들을 견뎌야만 비로소 발현되는 능력이잖아.

약물에 중독된 이런 녀석들은 어림도 없는 얘기라고.
실제로 몇 해 전 외행성 스카우터가 이놈을 만난 적이 있어.

행성간 이동…?
순간이동만이라도 가능하면 좋겠네요.

이 지긋지긋한 슬럼가에서 벗어날 수 있게…
우리 말을 믿지 않았어. 제안을 거절하더라고. 그러고는

며칠 뒤, 급한 일이 있었는지 스카우터에게 직접 연락을 했다나
그 제안 아직도 유효한가요?

스카우터의 제안에는 당연한 조건이 있었지.
할 수 있습니다! 약 끊을 수 있어요!

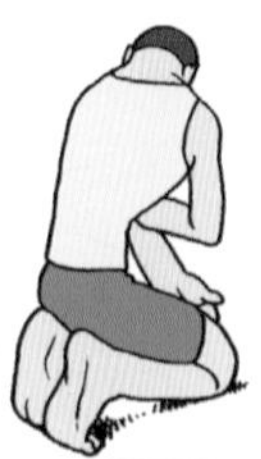
…는 개뿔! 정확히 작심삼일!
3일 만에 다시 약을 찾더군. 그게 마지막이었어.

뭐 설사
행성 이동이 가능하다
해도 냉장고 문을
연다는 보장은…
모두
우리 모압에선
잘 팔리지 않는
하이퍼들이야.
아, 그래도
몇몇은 행여나 하는
가능성은…
웃차! 그럼
식사하고 움직이자.
잘 먹을게!
쓸데없는 얘기였군.
어디 보자…
그럼 그렇지!
하긴 돈이 될 만한 놈을
내게 넘겼겠어?
어?
그래?
이… 이봐!
뭘 또 처먹게?
응!
의료진 말로는
충격 때문에 생긴
일시적인 증상…
곧 다시 앞을
볼 거래.
아, 그럼
출혈은…?
괜찮아! 내장이
좀 터진 거지 뭐.
냐항!
그래,
다행이다.
주르륵
저기, 그럼
택배물은…?
아… 그건
말이야.
모압의 현지
경찰들 지지직…
신고… 지직…
덴마 군 지직…
본인이 반드시 지직…
책임 지지직…
틱
OFF
반장님!
아, 통신 상태가
지직… 왜 이런
지지직…
미안해, 셀!
이해해줘. 밀린
일만으로도 지금
너무 벅차서.
부디 무사히
처리하길 바라.
아, 연결이…
닥쳐!
왜 너까지 덩달아
쇼야? 이것들이
지금 사람을…
야, 셀!
이제 우리
어쩌냐?

탁

지로야,
노올자~

우리 친구,
어딨니?

아, 씨! 냄새…

턱

지로야!
!
여기
있었네!
후우우…

아, 어머니!

뭐야, 우리 지로
내버려둬!
우리 아들 또
어디로 끌고
가려고?

날도 좋은데
산책이라도 해야죠.
지로야!
방 안에만
처박아두면
병들어.

안 돼! 못 나가!
네놈들
지로에게 이번엔 또
무슨 나쁜 짓을
시키려고?

나쁜 짓?
콱
먹고사는 일에
좋고 나쁜 게 어딨어?
이 답답한 양반아!
휙
짜증 나!
털
썩
야, 지로야.
너네 엄마가 우리
싫단다.
우리랑 놀지 말고
그냥 방에 처박혀
썩을래?
엄마…
애들한테
왜 그래?
지… 지로야!
그러지 마…
내가
엄마 친구들한테
이러면 좋겠어?
맘 편히 계셔.
금방 다녀올게.
지로야,
안 돼! 이 녀석들과
어울리면
와락
나쁜 일에
실컷 이용만 당…!
제발 그만!
탁
턱
그런 얘기
지긋지긋해!
지금보다
뭐가 더 나빠질 수
있는 건데? 응?
우린
더 이상 내려갈 데가
없다고! 그러니까…!
그러니까…
그냥…
살자.
발버둥 친다고
뭐가 달라져?
아니잖아?
그러니까 그냥
살자고…
그게…
우리 같은
하찮은 인간들한테
딱 어울려.
이게…
우리 수준이라고.

……

이거야 원…
꼭 이렇게까지 해야 돼?

업무 규율 제3조 2항,
택배물 분실 시 가장 먼저 수령인에게 직접 방문해 알린다.

아니, 앞도 못 보는 나까지 이렇게 동원해야겠냐고…?
냐하냐, 결국 우리 책임이니 최대한 성의를 보여야죠.

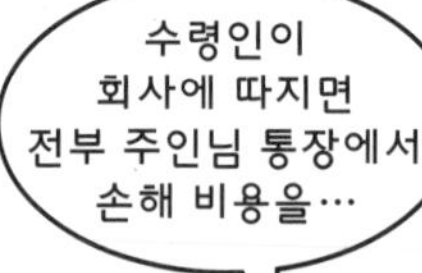
수령인이 회사에 따지면 전부 주인님 통장에서 손해 비용을…

하여간 실버퀵 이 깡패 자식들…!

후우우우…
이제부터 슬럼가네요.

주인님, 너무 긴장하지 마세요.
제가 꼭 지켜드릴 테니…

……
그래, 우선 추워서 떠는 거라고 말해줄래?

네, 장군님!
장물아비 말대로 그게 콴의 냉장고 열쇠라면

거래할 가치가 충분합니다.
장군님께서도 아시다시피

냉장고 자체는 조사나 연구가 불가한 이계 물질로 결론이 나서
군에서는 일찍이 손을 뗐었습니다만

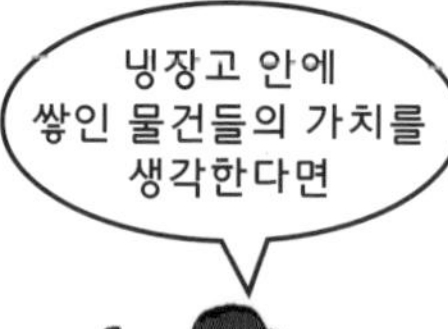
넹장고 안에 쌓인 물건들의 가치를 생각한다면

1개 대대 병력이라도 동원해서…

흐으음…
그 정도 값을 한단 말이지…?
콴 영감의 유언으로 판단컨대
냉장고 멤버들의 다른 열쇠들도 이미 풀렸을 거라 판단됩니다.
관심이 있으시다면 소유권 확보를 위해
서둘러 선점하셔야 할 것 같습니다.
좋아, 자네가 장물아비를 직접 만나 거래하도록 해.
네, 장군님!

……
어때? 도면 이해 가지?
넌 여기 설치된 감시 카메라들을 먹통으로 만들면 돼.
나머진 우리 몫이고…
턱
이번 일 잘되면 6개월치 약을 바로 넘겨 줄게.
……
츠츠츠

그래, 이 돈으로 장비 꾸려서 거길 털자니까!
감시 카메라는 지로 놈에게 맡기고…
뭐? 리조트 회원권?
…얼마 쳐줄 건데?
…300 정도?
400! 싫으면 관두고!
알았어! 350!
보안 카드… 같은 건가?
받는 사람 이름이 지로…?
우리의 친구 쓰레기 쿵 지로 말인가?
!

지로…
나랑 이름이
같네…
약이 6개월치
라고 했지?
그래. 일은
월요일에 간다.
오케이? 데리러
갈게.
집에
혼자 갈 수
있겠어?
응,
괜찮아.

약…
약이
필요해…
!
아, 지로 님?
벌떡
안녕하세요.
무한 책임 우주 택배
실버퀵입니다.
……

끼익
슥
그… 그럼…
네, 무장 강도라는
돌발 상황 때문에…
어서 오십쇼!
물건부터
봅시다.
그럼 그 지로가
바로 나…
그래서 우선
양해를…
택배물 어디
있는지 알아.
네?

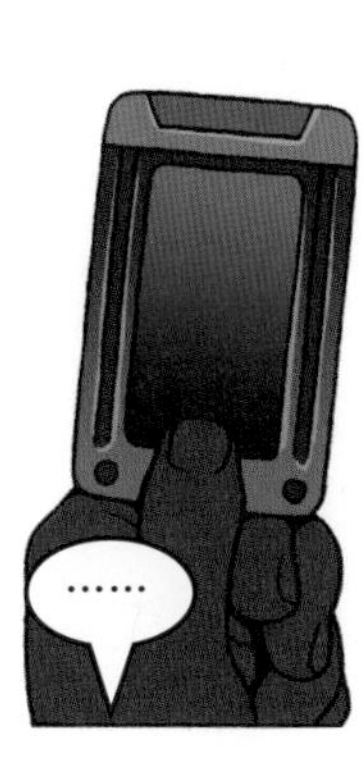
……

가치에 대해선
부정할 수 없죠. 하지만
당신 요구 액수가…
!
CALL

지로?
넘길 물건이라면
이따 통화하자.

나 지금
손님과…

탓

슥
이 물건 맞아?

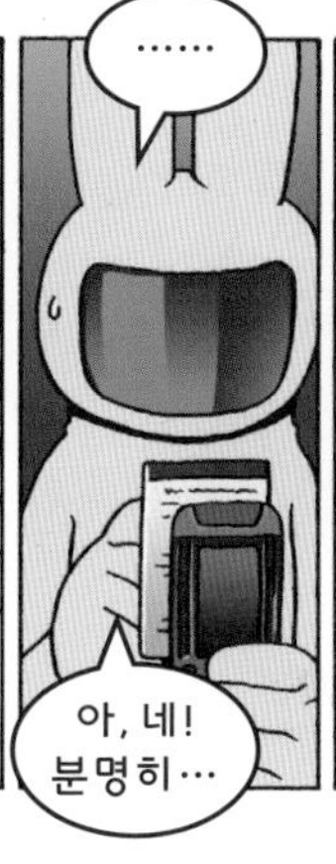
……
아, 네!
분명히…

뭐요? 지금
이 상황은…?
야! 너 지금
무슨 짓이야?

뺏겼던
내 물건 되찾는
거야.
뭐래?
이 미친놈이…
당장 돌려줘!

주인님! 방금
도난당했던 물건
되찾았어요!
뭐?
어떻게?
……

택배 기사! 이게
콴 영감의 냉장고
열쇠라고?
아까 또
뭐랬지?

아, 의뢰인이
저희에게 맡기신 일은
다음과 같아요.
우선 지로 님께
열쇠를 전하고…

저희와 함께
관의 냉장고
안에 있는…
……
자… 잠깐만…!
휙
더 이상은
힘들어…
약…
내 약…
……
젠장! 아까
전부 써버린 걸
잊고 있었어…
어서 지금
당장…
휙
티
탕
……
고객님!
어디 가세요?
휙
저희랑 함께
하셔야…!
야! 야!
천천히!
잘 익었다.
퉁퉁퉁
누구야?
이 시간에…
나가봐.
영입 끝났…
텅
큭!
뭐야, 임마!
문을 아예 부수려고
작정을…!
저
자식이…!

약…
!
약 좀…
어서!
……
약 가져올
때까지 바닥에
이마 대고
저 친구한테
사과하고 있어!
바닥에서
이마 떼는지
잘 지켜봐!
응!
미안! 일부러
밀친 게 아니었어!
용서해줘!
저… 저런…
뭐야? 뭐가
어떻게 돌아가고
있는 건데?
자, 여기!
하아…
잠깐!
돈부터!
돈…?
아, 내일…
내일 아침에 바로
구해서 줄게.
그… 급해!
우선 약부터…
급한 건
네 사정이지.
거래 원칙
몰라?
돈부터 가져와.
제… 제발
돈 빼고 당장
뭐든지 할게!
그러니 어서
약부터…
약 찾느라 지하
화장실 다녀왔어.
툭
신발
바닥이 더러워졌다.
네 혓바닥으로
닦아.
냐항…

읏…
주인님, 아무래도
응?
싸움의 조짐이… 이쪽으로!
그렇지. 깨끗하게 구석구석…
자, 이제 왼발.
어째 대화를 듣고 있자니…
지로라는 저 친구…
수고했어. 이제 가서 돈 가져와.
!
아, 그 정도 했으면 그냥 줘버려.
돈은 내일 가져온다잖아.
안 돼! 거래 원칙에 한 번 예외를 두면
앞으로 틈만 나면 빈손으로 와서 귀찮게 굴 거란 말이야.
이잇…!
빡
텅
크…!
탁
어쭈? 이게 감히 날 쳐?
콱
끝이야!
이제 너랑은 거래 끊겠어!
휙
치익
아… 안 돼!

콰악

냥!

이런 미친…
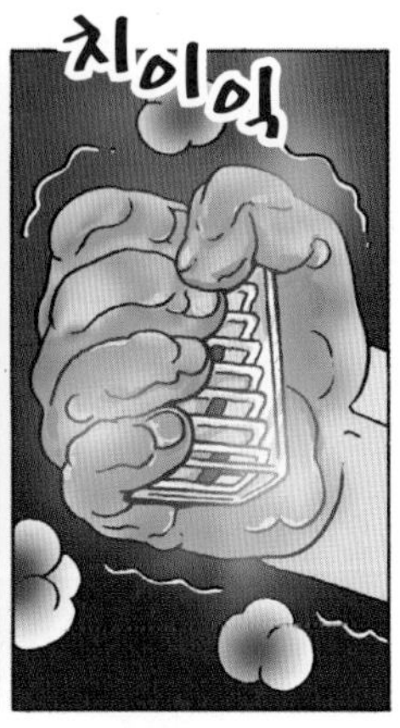
치이익

이 개자식!
하마터면…
지… 진정해!

뭐냐…
이 고기 굽는
냄새는?

달라고 할 때
그냥 줬어야지…
탁

마! 그거
내려놔!

빡
아주
막 나가네!
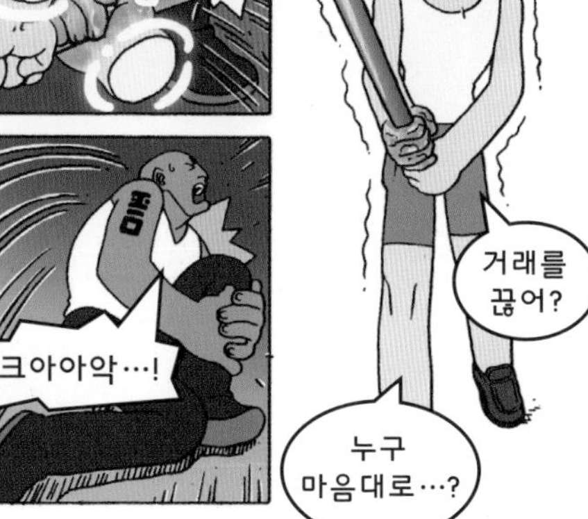
빡
크아아악…!
뭐…?
거래를
끊어?
누구
마음대로…?

야, 셀! 경찰에
신고해야…
수령인이
잡혀갈 분위기라
곤란해요.
저 자식
약쟁이지?

응? 누구 마음대로?
퍽
퍽
퍽
너흰 끊을 수 있을지 몰라도…
네, 주인님.
심각해 보이네요.
맙소사, 약쟁이 퀑이라니…
난 절대 못 끊어!
퍽
퍽
퍽
……
……
아이본 녀석은 언제 모압까지 온 거래?
전화 바꿀까요?
됐어! 통화는 냉장고가 열리고 난 이후에나…
놈에게 분명히 전해.
난 성의가 아니라 결과가 필요한 거라고!
저게 퀑의 냉장고…
우웅
……
다행이네요.

이 정도
응급 처치면
되겠어요.
……
고마워,
기사 양반.
앞으로…
당신들과 내가
뭘 더 해야 하는
거지?
아, 네…
의뢰인의 요구는
지로 님 일가가 그동안
압류당해온 냉장고 인
물품들을
지로 님이
되찾을 수 있게
도우라는…
압류…
그래, 꾸준히
2, 3년마다 한 번씩
남김없이 쓸어
가지.
근데…
내게 열쇠를 준
그 의뢰인은
대체 누구?

아, 이곳 자치 정부
임원이신 홈즈 씨
인데요.
지로 님 아버님과는
오랜 친구시라네요.
아버지 친구?
네, 좀 더
구체적인 상황 설명을
드리자면…
아버님께서
사업에 실패하신 적이
있으시죠?
늘 실패만 했지.
그런… 얘기까지
적혀 있나?
지로 님이
의아해하지 않도록
충분한 설명을
덧붙이라고 주문
하셨어요.

일만 청년 사업가
양성 프로젝트!
여기 정부가
지원자들을 뽑아
보증하고
은행 자본을
끌어들여 시작했죠.
하지만…
경기 침체가
장기화되면서
투자금은
모두
지원자 개개인의
빚으로 고스란히
남게 됐어요.
책임을 회피하는
정부 기관의 태도에
화가 난 은행들은
투자
원금과 이자를
받아내려고 사설
업체들과 계약을
맺는데
그들의
추심 행위는
거침이 없기로
악명이 높았다네요.

압류팀이
싹쓸이하고 지나간
자리엔
그야말로
풀 한 포기 남지
않았다고…

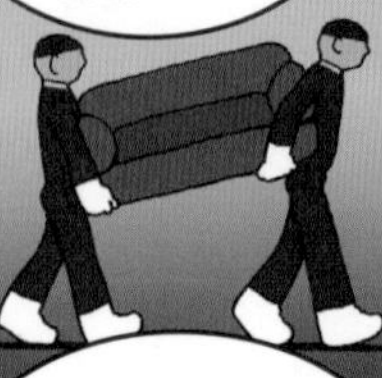
그런데
그들의 압류 행위는
실제 자금 회수에는
별로 도움이 되지
못했대요.
압류품을 경매를
통해 돈으로 환수하는
데는 복잡한 절차로
많은 비용이…

해서
귀금속을 제외한
대부분의 물품들은 곧장
분쇄기로 들어갔대요.
압류는
심리적 압박에
불과했죠.

이 사실을
잘 알고 있던
의뢰인은
친구 가정의
흔적들만큼은
지켜주고
싶었다고,

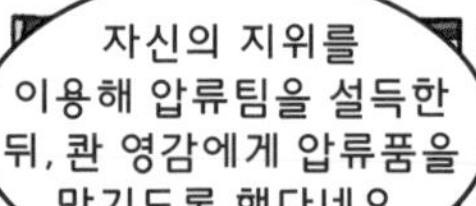
자신의 지위를
이용해 압류팀을 설득한
뒤, 콴 영감에게 압류품을
맡기도록 했다네요.

어느덧
20여 년이
지나고
느리지만
꾸준한 최근의 경기
회복세에 힘입어

그동안 사설
업체의 무자비한
추심 횡포는
법정에서
오랜 공방 끝에 이번에
일단락됐는데요.
그간의 압류물들을

원래 소유주에게
되돌려주라는
판결과 함께

보증의 책임을 진
정부가 압류 이외의
방법들로
투자금 회수에
적극 나서기로 결정
했답니다.

그러니까
새로운 법이
적용되기 이전인
지금
압류 물품 중에
필요한 것들을 되찾아
가시라는…
……
그럼…

당신들이
이곳에서 할 일은
모두 끝났군.
압류당한 물건
중에 되찾을 만한
가치가 있는 건
아무것도 없어.
우린…
그만한 능력 같은 거
없는 집안이거든.
날…
집으로
데려다줘.

……
됐다고 하시네.
나, 고객님 마음에 들어.
어서 확인 서명!
냐항…
마음 바뀌시기 전에
어서, 얘야! 어서!
그럼 여기
서명을…
……
잠깐…
그래, 팔면 몇 개월
약값 정도는 나올 물건이
있을지도…

아, 생각이
바뀌었어. 한번
가봅시다.
야! 이
씨…!
냐하냥!
퍽
커허억…
사…
살려주세…
홍정을 하자더니
물건을 빼돌려?
어디서 개수작?
네가 지금 누굴
상대하는지…
자… 장군님!
믿어주세요! 제가
어찌 감히…
그 미친 약쟁이 놈의
돌발 행동입니다.
제발… 장군님…

네놈이 발정 난
암캐처럼 여기저기
꼬리를 흔든 거야!
그러니 그런
동네 똥개가 설치지!
감히! 감히 이 날
상대하면서!
됐어! 홍정
따윈 없어!
지금부턴
무조건 실력
행사다!
펑
……
하아아…
이… 이거 정말
듣던 것보다…

소문을 넘는
이 사실이 퍼지면
모압의
내노라하는
쿵들이 전부 몰려
들겠군!
하지만 그런 일은
일어날 수 없지.
왜?
모압의
최고인 내가 지금
열 테니까!
치익
도착요!
몸에 맞게 얼마든지
늘어나니까 그걸 입고
다녀오세요.
그 옷은 세탁 대신
폐기해줘.
뭐?
하여간 이런
인정머리 없는…
너 지금
앞 못 보는
주인을…
냐항! 본 업무까지
참여했다간
야와 님께…
대신 제가
최선을 다해서…
닥쳐!
이 막돼먹은
놈아!
아, 허리 잡지 마!
힘들어!
탁
종일 쫑알쫑알…
시끄러 죽겠어!
……
우리 고객님…
약 드시고 지금
눈앞에 뵈는 게
없나봐.
뭐가 어째?
눈 안 보이면
귀찮게 하지 말고
들어가 잠이나
퍼자든가!
어이쿠야!
거 참 반가운
소리!
!
휙
셀! 너도
분명히 들었지?
이건 잘난 고객님
요청이야!
크르르르르…

뭐? 그만
두라니?
내가 안 되면
못 여는 거야.

모압 최고의
하이퍼인 나도
벅찬데…
아, 그러니까…

팍
착
털썩

그렇게 벅차면
관두라 그 말이야.
못 열잖아.
하이퍼가 별거냐?
어차피 몰래 쏘면
별수 없는 것들이
주둥이만 살아서…

이봐!
내려놓으라고!
그것들은
또 뭐야?
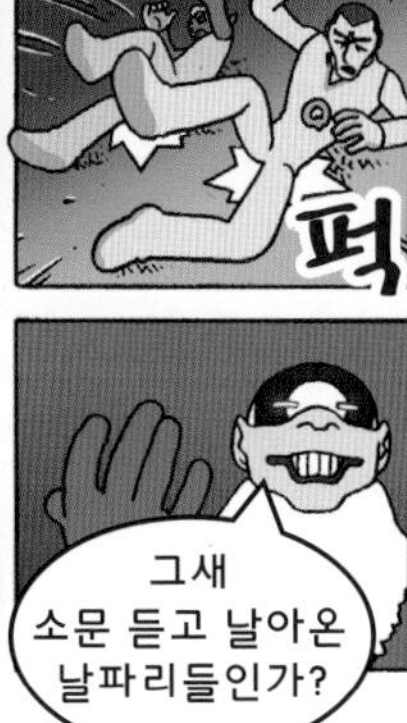
턱
퍽
그새
소문 듣고 날아온
날파리들인가?

아닙니다.
무한 책임 우주 택배
실버퀵입니다.
냉장고에 있는
저희 고객님의
압류당한 물품들을
되찾으려고…

되찾아?
냉장고에서?
콱
저게 너희 집
가전제품인 줄
알아?

잘난 하이퍼 쿼도
못 여는 걸 무슨 수로
따고 들어가려고?
냄새 맡고 날아온
파리 주제에…

아, 그게
아니라…
잔재주 가진
쿼 놈들인가본데…

어디 한번
열어보시지? 응?
못 열면 저기
엎드린 녀석처럼
될 줄 알아.

……

젠장! 하필이면
살인강도들을
만나다니…
저것들
열쇠 있는 걸 알면
바로 빼앗고
죽일 거야.
장갑 안에
넣어둔 열쇠…
절대 들켜선
안 돼.
우선
열쇠에 남겨진
기억을 더듬어
냉장고를 열자.
슥
어?
저 친구…
뭐야,
저 약쟁이가
여긴 웬일이래?
……
이제는 폼만
봐도 알겠어.
너도 바로
치워줄게.
터엉
!
여…
열렸다!
……
맙소사…

……

방금…
열렸습니다.
뭐? 현장
이미지 보내봐!

끄응… 콴, 이
영감탱이 말끝을
흐리더니…
이런 변수를
두려고…

1분대는 저것들이
가진 열쇠부터 확보해!
모두 냉장고
안으로 집어넣은 뒤
바로 닫는다!

열쇠만 찾은 뒤
너희만 나오는 거야.
내 말 뜻 알겠지?
옛썰!
열쇠로 출입하는
방법은 알려준 대로…

그동안 다른
분대원들은
냉장고 문을
다시 열도록 해!

들어와!
들어와! 어서!
……

뭐야,
이 산더미처럼
쌓인…
설마 우리의
몇 시간 뒤 모습은
아닐 테지?

나머지는
밖에서 대기해!

열렸다고?

그래, 잘했어!
이제…
주… 주인님!

응? 이게 뭐야?
뭔데 자꾸 발에
걸리적…
만지작
만지작

으헥! 제기랄!
외관과는 달리 내부가…

여러 개의 공간을 동시에 품은 사물 퀑…
예상했던 것보다 내부가 정말…

!

경찰이다! 모두 안으로 들어가!
어서!

끄르르르륵카아아아…!

퍽

대답이 너무 길어! 어서! 어서 안으로 들어가!
털썩

응? 뭐야…?
뭔데? 무슨 일이야?

전부 들어갔지? 문 닫는다!
오케이!
쿵

팟
ㅋㅋ0

팟
ㅋㅋ0

그 열쇠로 냉장고를 다시 열어.

틱

아까와는 다른 공간이 열릴 거야.
수마이가 찾으려는 물건들이 잔뜩 들어 있는…

주인님!
주인님!
OFF
냐항! 어떡해…
라인이 끊겼어!
야, 셀!
응답해! 야!
냉장고가
닫히니까 통신까지…
열쇠! 냉장고 열쇠
이리 내!
뭐야, 너흰?
경찰인 거
모르겠어?
경찰?
뭘 근거로 우릴
가두는데? 그리고
열쇠라니?

근거?
그간 너희가
싸지른…
슥
츠
즈
즈
꾹
……

이봐, 우린
이쯤에서 퇴장
하자고!
되려나…?
슈
슉
텅
크악! 역시…!
!
털
썩
요것 보게.
잔재주 피우는
쿵 놈들인가?
아직 분위기
파악 안 돼!
아… 아니야!
그거 치워!

퍽

털썩

……

이봐, 거기 너!
네가 열었지? 열쇠 이리 넘겨! 어서!

…그랬군.
여기 공무원들 보너스가 안 나와서 막 나간다더니… 사실이었네.

우리가 찜한 걸 가로채서 뒷주머니 채우시겠다?
그게 가능하려면 현장을 본 증인들이 없어져야…

그래서 우릴 가두고 주저 없이 당기는 거군.
월급만으로는 말이야…

너무 빠듯해!
퍽
……
이거 어쩌지?
난 기계라…

촤악
퓻
퓻
퓻
커허억…!

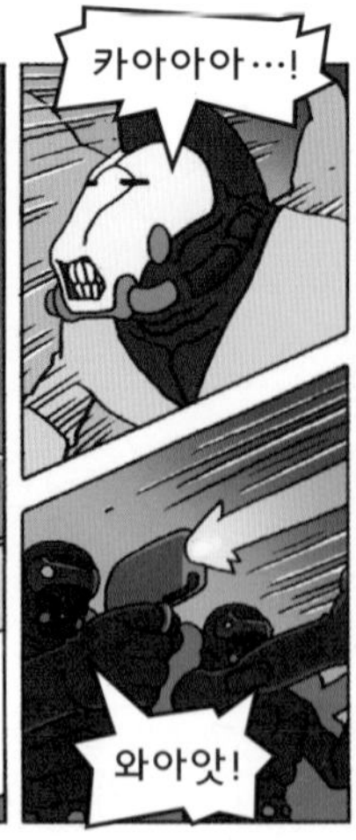
카아아아…!
와아앗!

어서 이쪽으로!
탁
방금 읽은 기억대로라면…
총에만 안 맞으면
나는 살 수 있어!

퍽
커헉!
윽…
카아아!
퍽
아악!
…읏!
우윽!
제기랄!
이런 꼴이라니…
보이는 거라곤 정신없이 교차하는
희부연 명암들…

언제 총에 맞게 될지 몰라…
안 보이니까 온몸의 신경이 곤두선다.
앞이 보일 땐 자각 못했던 감각들이
몸 전체에서 깨어나는 것 같아…
다이크! 무혈사신 다이크!
이렇게 죽고 싶진 않아! 그런데…
이건 좀 아닌 듯.
어쩐지 위험에 많이 노출된 느낌…

퍽
퍽
퍽
이겼다! 경찰 특공대 놈들을 우리가 이겼어!
카아아… 카카카!
카카카카…
훠
훠
이… 이제 끝난 거냐? 움직여도 되는 거지?
이 냉장고는 이제 우리가 접수한다!
바깥에 있는 경찰 놈들은…!
슝
슝
컥…!
슝
슝
……
뭐야…?
……
슝
위험해!
아까보다 더! 총보다 빠르고 무엇보다…
슝
정확해! 일격으로…
!
아… 안 돼!
다이크!
쫘악

……

치클
치클

……

……

……

슥

슈슉
!

빠박
끄아악…!

역시 이런 데
오는 게 아니었어!
당장 나가자!
탁
……
뭐야, 왜
아무 반응이…?
!
갑자기…
이 숫자는 뭐야?
츠
츠
츠

너무 아파서
용서가 안 돼!
퍽
퍽
……
어쭈! 내가
누군 줄 알고…!
이런…
빌어먹을!
너 지금 잘못 걸렸어!
내가 지금 눈에 뵈는 게
없거든!
이게 어른한테…!
아, 그만해!
거기
꼬맹이 둘!
치클
치클
……
여기, 두 꼬마
전부 일행이야…
누굴 보고
꼬마래?
앞 못 보는
아이야, 지금
네 면전에…
후우우우…
저 벌레들 때문에
우리만 살아남은
거야?
어서! 여길
나가자고!
8개…
이 열쇠로
출구를 열려면
압류됐던 8개의
박스를 전부 열어야 돼.
젠장! 이 안에서
얼마나 헤매야…
너희가 앞장서.
뭐?
어떤 위험이
닥칠지 모르니까
너희들 몸으로
막으라고!
이런
파렴치한…
나처럼 귀여운
아이를 희생양
삼겠다고?
싫으면
기계 벌레들한테
목을 내주던가…
……

아, 망토 좀
잡지 마!
앞 못 보는 아이가
불쌍하지도 않아?
……
뭔가… 분명히
뭔가 달라졌어!
양 손바닥이
껍질을 벗은 것
같아…
다이크였던 때의
치환 기술들을
거의 전부
쓸 수 있을 것 같은
기분이 들어.

내부 사이즈
가늠해보게 제비
한번 던져봐.
응!
스윽

착

휙
쉬이익

정말 기이하군.
밖에서 보면
불과
5, 6미터 짜리
두께인데

제비를
날려야 할
정도라니…
되돌아올 때까지
잠시…

근데… 이걸
왜 냉장고라고
부르는 거야?
넘겨준 정보국
자료 못 봤어?

이곳에 두면
아무리 시간이 지나도
썩거나 녹슬지
않는다잖아.
썩지
않는다고?

응, 그래서
붙은 이 사물 쿵의
별칭이야.
……
그럼…

사건 사고로 죽은
시신이나 증거들 보관
하기에 딱이겠는걸?
경무관님이
십수 년간 콴 영감을
설득해온 가장 큰
이유래.

이 창고는 대체
언제부터 이곳에
설치돼 있었던
건데?
설치된 게 아니라
20여 년 전에 여기서
발견된 거래.

만들어진 재질이
우리 8우주 게
아니라나?
아, 이계의
물건이라더니…

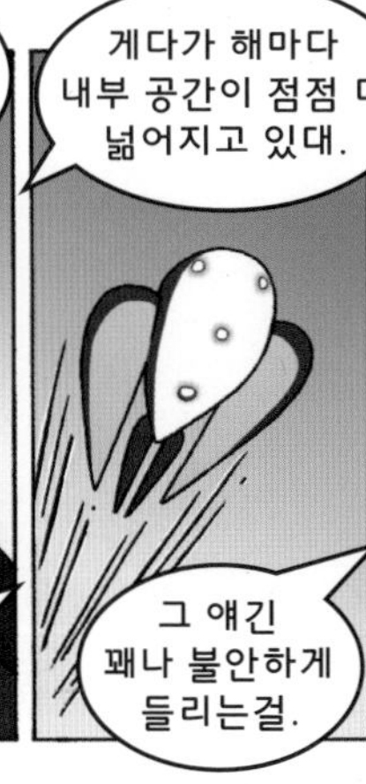
게다가 해마다
내부 공간이 점점 더
넓어지고 있대.
그 얘긴
꽤나 불안하게
들리는걸.

뭔가…
위험한
에너지가 계속
축적되고 있다는
말 같아.

대체 이런 물건이
어떻게 개인 소유가
될 수 있었던 거야?
먼저 주은 사람이
임자인 거지.

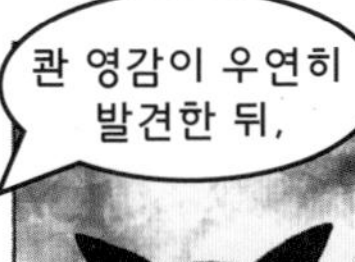
콴 영감이 우연히
발견한 뒤,

자치 정부 차원에서
면밀한 조사가 있었던
모양이야.

하지만 마땅히
영감에게서 냉장고를
빼앗을 법적 근거를
찾지 못했다고…
말도 안 돼!
행성의 안전이
우선인데…!

재밌는 건
이 냉장고가 우리
모압뿐만 아니라
다른
여러 행성에서도
비슷한 시기에 발견
됐다는 거야.

행성마다
다른 이름으로 불리고
있을 뿐
이해할 수 없군.
이른바 8우주촌 시대란
말이지.

이 정도 사안에
별다른 대책 없이 정보만
공유할 뿐이라니…
대체 우주 평의회는
뭐 하는 것들이야?
이런 일에…

팅
OUT
엇!

이 신호는…
제비가 최대 측정
거리를 벗어났다는
의미…
TUO
뭐? 그럼
여기 내부
깊이가…

10km를
넘는다고?

그래?
택배 도중에
강도까지… 여기
모압에서 고생이
많군.

그나저나
이 냉장고
도대체…
그러게.
너한테 해준 설명…
나도 듣기만 했던
것들인데
막상 직접
들어와 보니…

어째 이 냉장고…
자꾸
엘 놈이 처박혀 있을
미궁이 연상돼.
근데…

왜 내 엉덩이를
붙잡고 있는 거야?
아, 망토 잡지
말라며? 팔짱보다
이게 낫지!

……
콧수염…
낯이 익은데?
저 녀석을 내가
언제 봤지?

이거…
시간이 꽤나
걸리겠는걸?

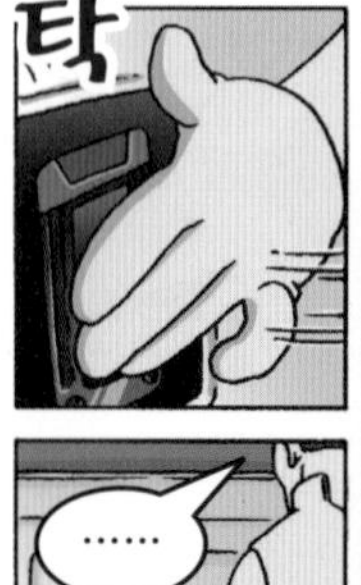
탁

……

설마…
여기 물건들을
전부 일일이 확인
해야 되는 거야?

……

……
……

시력이…
분명히 조금씩
회복되고 있어.
앞이 보이는
대로 바로 기술들을
테스트…
이런 제기랄!
이런 식으로
언제 8개를 전부
열라는 거야?
탕
탕
이 안에서
굶어 죽으라고?
어휴…
저 약쟁이!
성미하곤…
…참!
이봐, 어르신!
그런데 당신은 누구야?
날 들춰업고 온
놈들과 일당?
아니, 난 모압의
쿵 딜러!
뭐? 쿵 팔아먹는
사보이라고?
내가 언제?
딜러라고! 나도 쿵이야,
이놈아!
열렸다!
콧수염! 와서
좀 도와줘!
칙
익
……
혹시라도
돈 될 만한 물건
있으면 따로
빼놔.
뭐? 내가
네 똘마니냐?
왜 네 일을
나한테…
아, 같이 좀 해!
여기서 빨리 나가야
될 것 아니야!
지금
네 일, 내 일이
어딨어?
나 이거야 원…

그렇군…
이것들이 가장 최근에 압류됐던 것들이야.

아까 오면서 저 택배 꼬마한테 대충 들었어.
말대로라면 냉장고 안으로 들어갈수록

자네 집안 과거의 흔적들을 거슬러 올라가는 꼴이더군.

탱

생각해보니…
!
여긴… 돈 될 만한 게 있을 리 없지.

아, 이 명함… 이걸 가지고 있었네?
!

뭐야? 그게…
기억 안 나나?

……

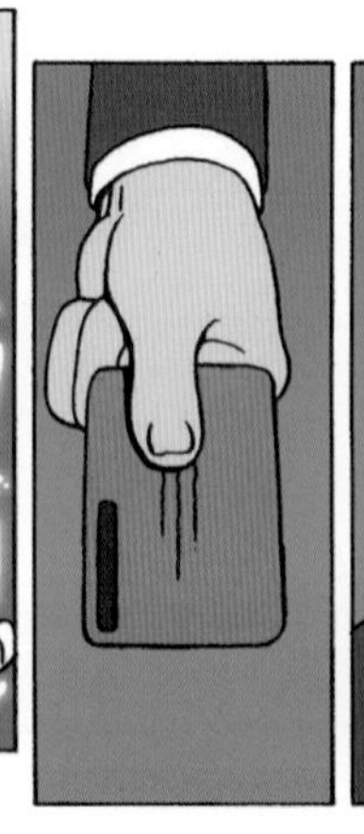

하이퍼 퀑 전문 트레이너 겸 딜러 주완이라고 해요.
반가워요, 지로 씨.

이곳 현지
딜러분에게 정보를
얻어 방문하게
됐습니다.

아, 콧수염…
그때 그…
응?

지로 씨는
본인이 가진
퀑 기술이
모두 몇 개나
되는지 알고 계세요?

……

!

……

……
뭐야, 이 친구
약쟁이야?

……
……

스윽

슥

끄으응…
콧수염 저 자식이
거짓말한 건 아니지만
이런 상태라니…
몸에서 나오는 파장이
완전히 망가져 있어.

트레이닝으로
회복될 수 있는
수준이 아니야.
그럼 그렇지.
외행성인이라고
이런 쓰레기를
떠넘겨?

흠! 흠!
……
망할 자식!
내 귀한 시간을
이런 식으로…

툭
!

탁

!

두 가지…

제가 가진
쿼 능력은
모두
두 가지요.

하나는 보시는
바와 같고
다른 하나는…
말하고 싶지
않아요. 아니…

절대로
말할 수 없어요.

……
뭐 딱히…
궁금하지도 않아.

하지만 난
프로니까…
슥
끝까지 매너 있는
마무리!

절대로
말할 수 없다니…
사연이 있는
거군요.
그런데
혹시 개발되지 않은
자신의 능력 중에

행성간 이동 능력이
있다는 건 아세요?
행성간 이동…?

순간이동이라도
가능하면 좋겠네요.
이 지긋지긋한
슬럼가에서 벗어날 수
있게…

……

진심으로
이 환경에서
벗어나길 원해요?

예?
그게 무슨…?
누군들 이렇게…

아니! 아니!
방금 내 질문은
지로 씨 맨 밑바닥에
던지는 거예요.

정말 진심으로
여기서 벗어나길
원하냐고?

……

8우주
하이퍼 쿼 마켓은
초고속 성장을
해왔어요.
주 고객은
귀족 자산가들.

가진 사람들의
영역 다툼은 절대
끝나지 않죠.
불가피한 충돌엔
무력이 필요한데
거기엔

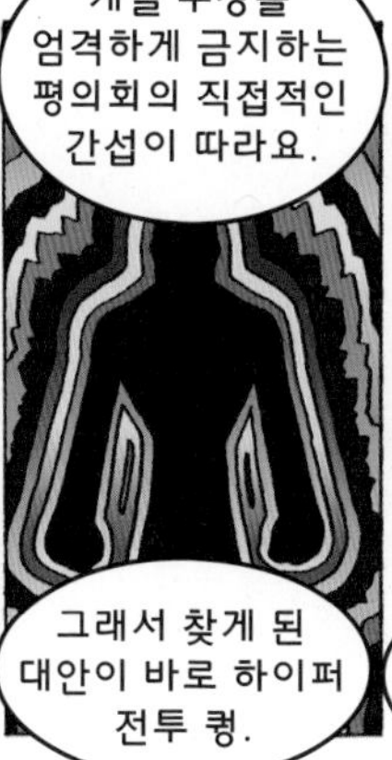
개별 무장을
엄격하게 금지하는
평의회의 직접적인
간섭이 따라요.
그래서 찾게 된
대안이 바로 하이퍼
전투 쿼.

고도로 훈련된
쿼 하나가 가지는
화력은
귀족들의 주머니를
활짝 열게 만들죠.

전 그런 전투 쿼을
발굴해서 다듬는 일을
합니다.
귀족들의
자경대로서 좀 더 많은
연봉을 받게 말이죠.

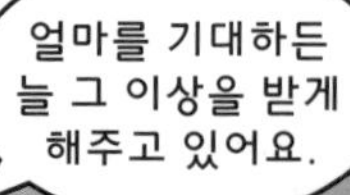

얼마를 기대하든 늘 그 이상을 받게 해주고 있어요.
자랑 같지만 업계에선 꽤 유명해요.
하이퍼들 중에는 제게 명함을 받는 게

소원인 친구들도 많죠. 그러다 보니 여기저기
깜냥도 안 되는 것들한테 견제를 받기도…

여기서 벗어나고 싶다면 제게 오세요.
물론 원한다 해서 다 거두는 건 아닙니다.

만만치는 않죠. 테스트를 통과하면 이후로 3년간의 하드 트레이닝!
선택받은 하이퍼들 중에서도 10%만 견뎌내는 고된 훈련입니다.

뭐… 인연이 된다면 다시 보겠지요?
모쪼록 그 명함 잘 보관하시길.

……

슥
툭

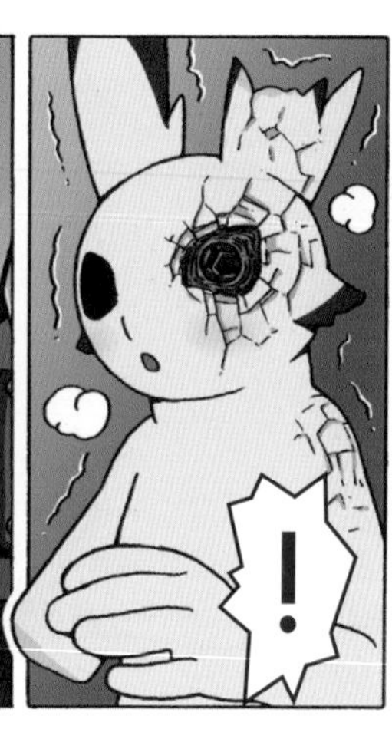
!

퍽
우왓!

뭐야?
무슨 일인데?

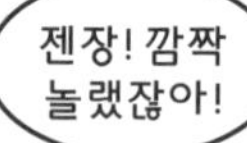
젠장! 깜짝 놀랐잖아!

……

네 안드로이드
노예랑 머리 더듬이만
달라.
……
그래, 분명히…
이브…!
도대체 왜
이런 곳에서…
야! 야!
일어나봐!
짝
짝
더 이상
작동 안 하는 것
같아.
탁
!
배달 왔다가
갇혔겠지.
응? 이건
엘의 염상?
……
서두르자,
이제 겨우 하나
열었어.
설마 다 열기 전에
여기서 굶어 죽는 건
아니겠지?

……
아!
가기 전에
마지막으로
참고가 될 만한
몇 마디만 더…

저를 찾는
대부분의 하이퍼들은
많은 돈을 버는 게
목표예요.

돈…
절대적으로까지
여겨지는 그들의
명백한 동기죠.
훈련 초기의 그들은
그 누구보다도
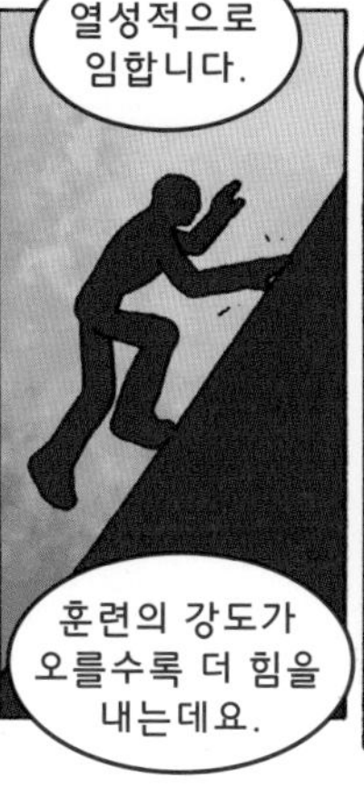
열성적으로
임합니다.
훈련의 강도가
오를수록 더 힘을
내는데요.
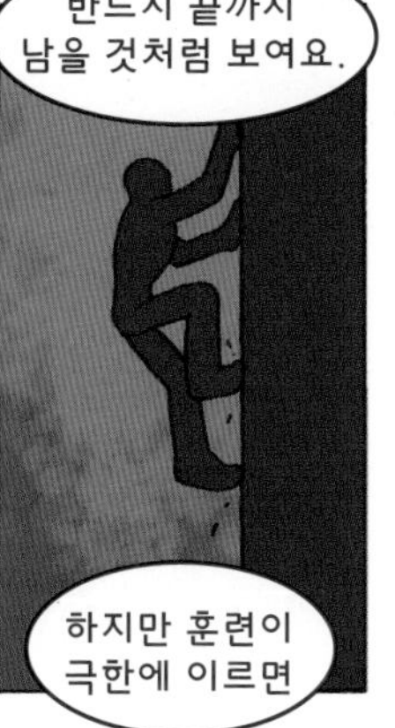
반드시 끝까지
남을 것처럼 보여요.
하지만 훈련이
극한에 이르면

정말
거짓말처럼
대부분 떨어져
나가요.

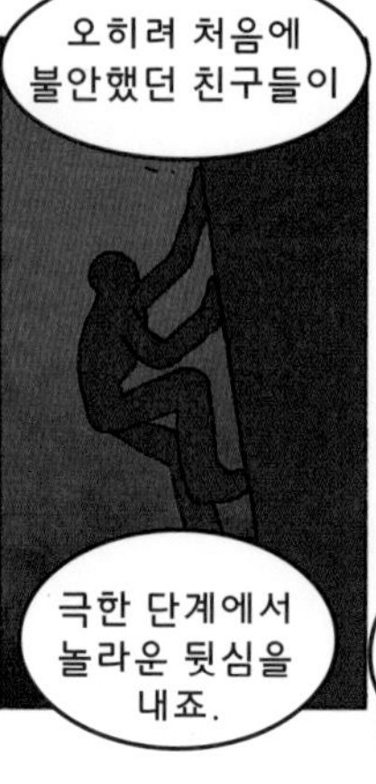
오히려 처음에
불안했던 친구들이
극한 단계에서
놀라운 뒷심을
내죠.

모든 훈련을
견뎌낸 약 10%,
중도 포기한
친구들과는 다르게
이 친구들의
공통점은

돈 이외의 뚜렷한
자기 소망이 있었다는
거예요.
예를 들어…

지로 씨는
이 지긋지긋한
슬럼가에서 벗어나고
싶다고 했죠?
좋은
소망이에요.
하지만

사람들은 종종
현실의 괴리를
덮으려고
자신까지
속이는 경우가
있잖아요?

지로 씨의
소망이 힘을
가지려면
본인의
밑바닥으로부터
답이 나와야
합니다.

마지막으로
다시 한 번 묻죠.
지로 씨…

당신은 정말
진심으로
지금의 이 상황에서
벗어나길 원합니까?

……

흥! 기껏해야
운 좋은 일반인으로
태어났을 뿐이면서
콱
뭘 얼마나
안다고 시건방지게…

휙
!

저거…
나중에 다시 찾지
않겠어?
댁이나
챙기시든가…

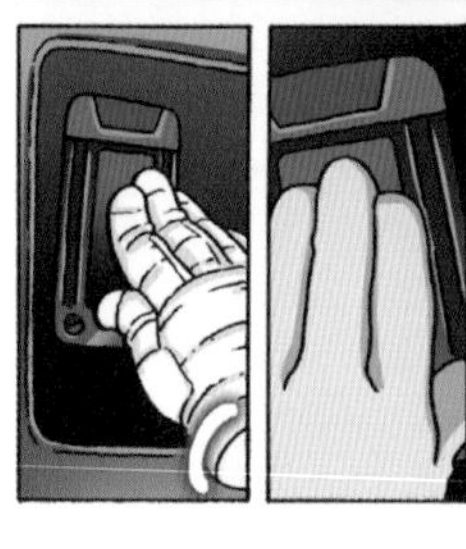

……
……

여전히
불통… 하긴 통화가
된다면
OFF
셀이 먼저
연락해왔겠지.
이거 답답해
죽겠군.

어째서 이런 곳에
이브가 버려져 있는
거냐고…?
만져본 것
만으로는 상황을
추리하기가…

단순한 택배
사고가 이유
였다면
……
오기 전에
셀이 먼저 언급
했을 텐데…

분명히 엘의 염상인데…
도망친 노예 같은 걸까?
무슨 일이지?

툭

하아아아…

아, 고객님!
좀 쉬었다 가자!
저 인간 지금
몇 시간째야?
지치지도
않나?
약 기운…
때문일 거야.
아, 몰라!
힘들어! 쉴래!
털
배고파…
아저씨, 아이한테
먹을 것 좀 구해다
주세요.
아쉬운 놈이
찾아!

경찰들 백팩
살펴봐, 콧수염.
비상용 에너지바 같은 게
있을 거야.
아, 그런 일이
왜 내 몫이냐고? 내가
너희 똘마니야?
……
슈슉
이 자식들이
어른을 공경할 줄을
몰라!
자기들은 나한테
뭘 해줄 건데?
……
!
……

그러고 보니
이 물건을 왜 진작
안 챙겼지?
그래…
아이본이란 놈이
갑자기 당하는
바람에
그놈에게
돈 받을 일이
막막했는데
엘의 염상…
무슨 사연인지는
몰라도
이거 뜻밖의
큰 돈벌이를 만났어.

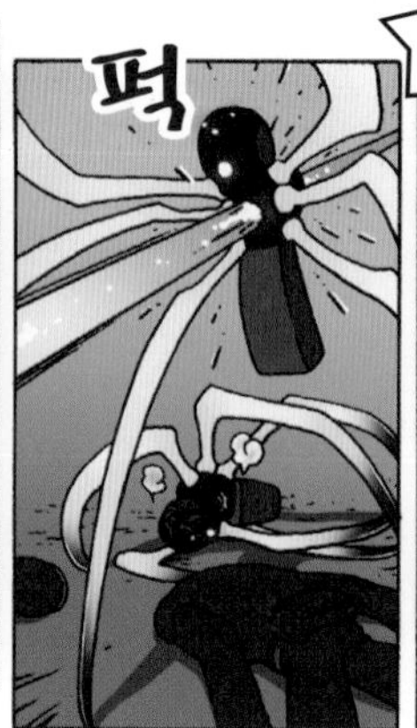
펵

감히 경찰을…
펵
펵
전부 쓸어버려!
……
ㅊㅈㅈ

텅

치지직

시약 줘봐.
여기…

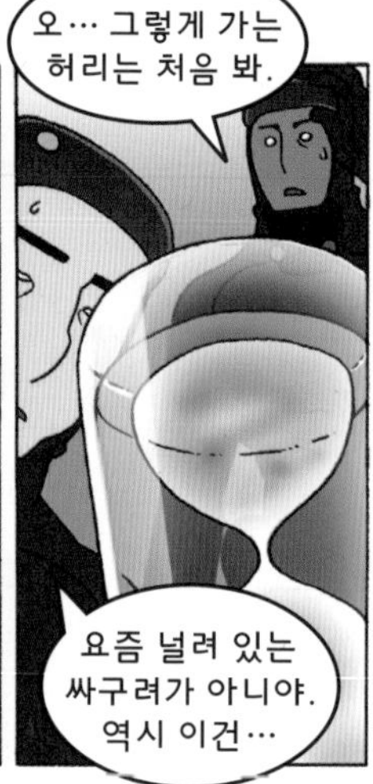
오… 그렇게 가는 허리는 처음 봐.
요즘 널려 있는 싸구려가 아니야. 역시 이건…

말로만 듣던 황금 모래시계?
그게 뭔데…?

20년 전에 사라진 마약 행성의 최고가품.
8우주 최상류층에게만 공급됐었대.

……
평의회 방화벽 때문에 더 이상은 검색이 안 되네.

마약 단속반 선배들한테 들었어. 여기 물건들
평의회가 8우주의 모든 데이터 박스에서 지워버린 사건과 관련 있다고.

어떤 미치광이
귀족 하나가
자신의
쿵 자경대를 동원해
그 마약 행성을 날려
버렸는데

그의
자경대원들 중 몇몇이
행성을 부수면서
엄청난 양의
약을 빼돌렸다는
거야.

한동안
지하 마켓에 떠돌던
풍문으로는
행성을 하나 사고도
남을 양이었대.

저 끝도 안 보이는
박스 무더기가 전부
이런 식이라면
그런 소문이
돌 만했겠는걸.

이봐, 거기!
서둘러!

그…
그래!
거의 다
끝났어!

있지, 우리…
경무관님께 물량
보고할 때 여기 박스
몇 개만 빼자.
뭐? 그게
가능…

……
그… 근데
탈 나지 않게 할
자신 있어?

웃차! 그야
우리가 늘 하는
일인 걸.
치지직
치지직

여기요,
손님.
팥빙수

미인이시라
더 얹어드렸어요.
하하…
감사해요.

덥다…
팅
!

열렸다!
이… 이런!

팅
팅
뭐야, 누구 짓이야?

나를 믿는 만큼 너희를 믿어.
설마… 우리 중 누군가의 수작은 아니겠지?

이 불쾌한 판다는 박스가 강제로 뜯겼을 때 등장해.
신호가 우리에게 넘어왔다는 건

지금 현재 냉장고 입구를 열어 놓고 있다는 건데…
문을 연 게 원래 냉장고 열쇠 주인은 아닌 것 같군.

아마도 콴이 열쇠를 넘겨줬을 그 누군가…?
콴, 이 자식! 우리 창고 열쇠는 만들지 말랬더니 기어코…

아 그런 얘긴 모여서 해! 어서 집합해! 이 백경대 OB들…!
옛썰!

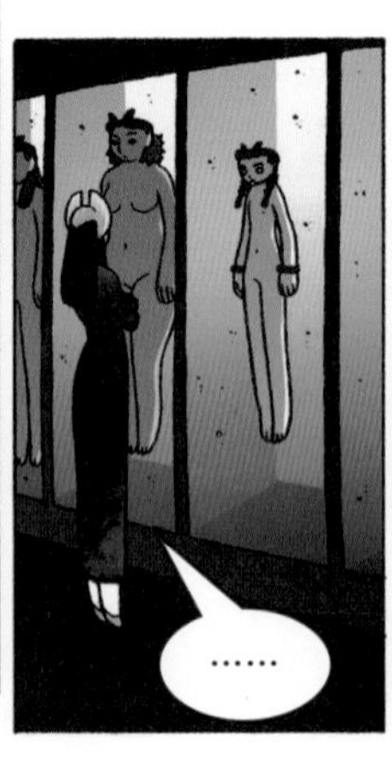
……

너희 데바림들…
정말 이상한 녀석들이야.

인과율의
신성불가침을
부르짖으면서
정작 본인들은
미래를 바꾸려고
안달이라니…

미래가 바뀐다고
딱히 자신들
처지가 나아질 것도
아니면서 말이야.

총무님!
모압 쪽
헬게이트로부터
신호가…

……
그림말
센스하고는…

데바림들의
사주를 받고 있는
하이퍼들이
상황 점검차
그쪽으로 올 것
같은데요.

그 하이퍼들은
사주를 받고 있는 게
아니야.
갓난아이 때부터
데바림들에게 길러진
운명 공동체의
일원.

현금으로
바로 바꿀 수 있는
그 엄청난 유혹을
곁에 두고도
별 탈이 없는 건
데바림들이 그들
마음에 주입한

어쭙잖은
사명감 때문이지.

콴…
현재 우리에게
맞서는 데바림들의
수장 중 하나…

너 이 자식,
열쇠를 엉뚱한
사람에게
넘겼더군.
몇 수 앞을
내다본 나름대로의
계산이었겠지?

너희들의
예지몽과

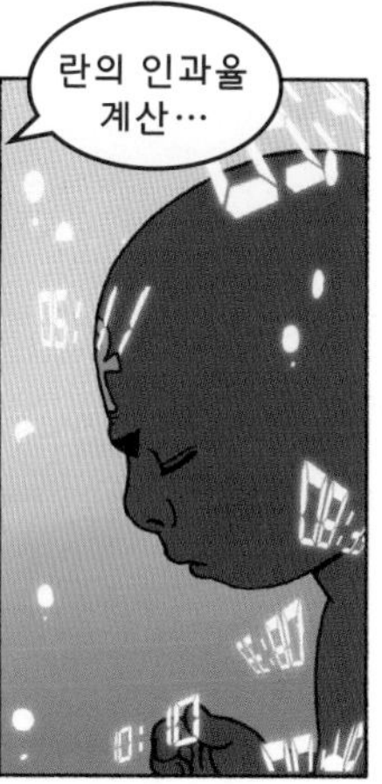
란의 인과율
계산…

너흰 너무
무모해.
상대를 봐가면서
덤벼야지. 우리 종단은

정말 거대
하다고.

하이퍼들을
백경대원으로 키워
자금줄이 될
약을 빼돌린 건
너희들의 장기
계획이었겠지?

네놈들 기억을
읽으려다간 머릿속이
녹아버리니
그동안 너희
일당들을 추적하는 데
어려움이 있었지.

하지만
그 하이퍼들은
다를 거야.
무엇보다 우리가
필요한 건 그들이
가진 너희와의
기억들…

20년 전
아오리카 사태
덕분에
종단 내
수호 사제 등급에
변화가 생겼어.
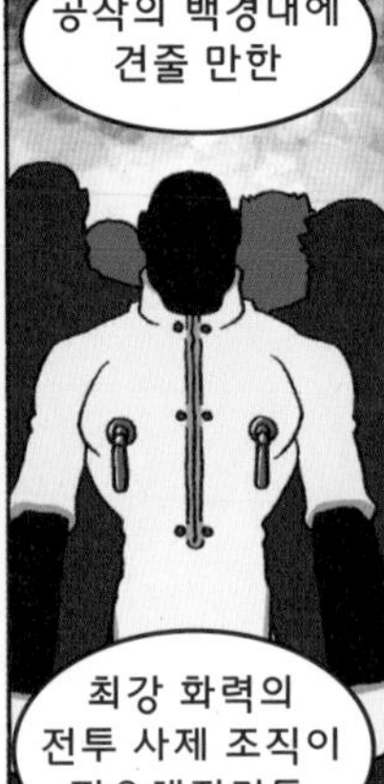
공작의 백경대에
견줄 만한
최강 화력의
전투 사제 조직이
필요해졌거든.

하이퍼 잡는 하이퍼,
일명 백사회!
우열을 가려보게
언젠가 백경대와
충돌할 일이 있길
바라.

너희 데바림들…
우리가
그 하이퍼들을 잡을 수
있을 거라곤 미처 예상
못 했겠지?
그 은퇴한 백경대 놈들
시체로 가져오라고 해.
기억 읽기엔
그편이 나아.

우리가 정성 들인 미래…
누구에게도 뺏길 수 없지.
아무리 사소한 불씨라도
완전히 꺼뜨려주겠어.

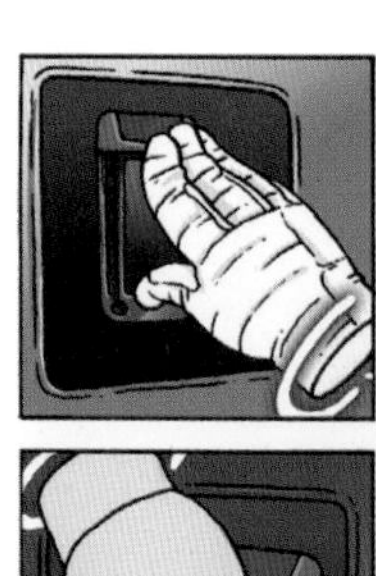

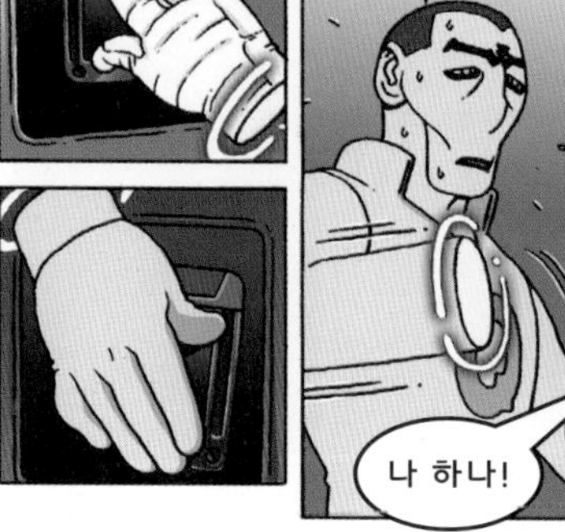

후우우우…
나 하나!

약쟁이 하나!
나 하나!

꼬맹이 하나…
콧수염!

가지고 있는 에너지바가 모두 몇 종류야?
그런 건 왜? 주는 대로 처먹지.

미묘하게 맛이 다른 것 같아서.
용도가 다른 건가?

하나는 50g짜리 저열량 에너지바 피프티.
또 하나는 51g짜리 고열량 에너지바 피프티 원.

경찰들이라 특별한 걸 먹는 줄 알았더니
그냥 일반 편의점에서 파는 것들이네.

이게 피프티 원?

그래, 이제 앞이 보이는 거냐?
아니, 아직…
이게 더 무거워서.

뭐? 더 무겁다니?
이거 네이밍처럼 실제로 1g 차이가 나게 만들어서 대박 난 시리즈야.

……
질량 차이를 느끼는 민감도도 회복되고 있어.

실버퀵의 방해가 없는 뜻밖의 장소에서…
좋아. 이제 시력만 회복되면…
다시 해봐!
이건 피프티!
이건 피프티 원!
와! 이런 놀라운 능력…!
순간이동이 더 놀랍거든!

뭐야, 넌 무슨 기술을 쓰는 거야?
……
이놈한테는 얘기해도 뭐 별로 상관없겠지?
질량… 등가치환!
아…
그래, 그 기술이라면 바로 떠오르는 놈이 있지.
자칭 우라노의 무혈사신, 다이크…
훗! 내 소문이 이곳까지… 그래, 내가 바로…
위아래도 없는 아주 개망나니라더군!

자, 모두 천천히
순서대로 내리세요.
……

……

……
무슨 소리라니?

알 만한 사람은
다 아는 업계의
핫이슈였어.
잠깐, 그러고 보니…
혹시 놈과 아는 사이
아니야?

아… 아니!
얘기만 들었어.
아무래도
같은 기술이다
보니…

아니긴.
그 양 손바닥
염상은 어떻게
설명할 건데?
같은 주인에
같은 기술이니 분명
서로 아는 사이…

뭐 알든 모르든
상관없어.
어차피 넌
엘에게 바쳐질
테니까.

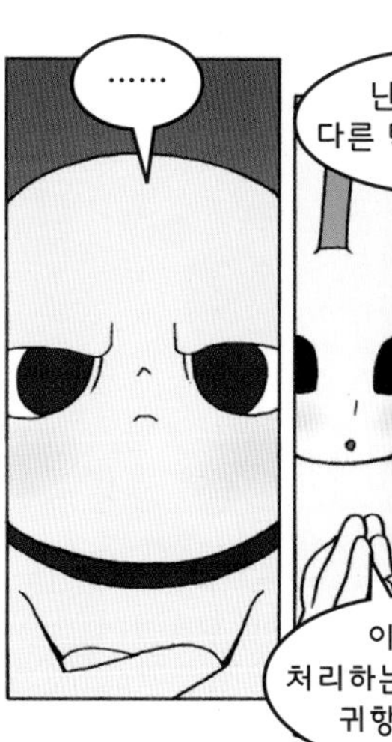
……

난감하군.
다른 택배물들은?
이번 건
처리하는 대로 바로
귀항인데요.

뭐야…
왜 하필이면
그 꼬마 놈이
그런 곳에
갇히는 일이…

알았어.
여기 반장들 몇
보낼 테니까
수시로 상황
보고해.
네, 야와 님.

반장들이라니…
적극적인 조치를
내리시네.
다행이야.
어서 주인님을…
이봐, 젊은이!
좀 먹으면서
하지?
이런 염병할! 대체 어디에
있는 거야!
탕
탕
탕
이런 식으로
언제 다 하냐고!
왜 날
엿 먹이는 건데!
아주
지랄발광이네…
손모가지로
대신해? 도대체
어떻게 그런
소문이…
궁금해해봐야
지금 알 수도 없는 일.
우선은 최대한
몸의 변화에 집중하자.
어서 시력 회복을…
근데…
이봐, 영감!
난 왜 이걸 두 개나
메고 다니냐고?
안 보인다고
나한테 전부
떠맡긴 거지?
엄살은…
난 너희
보살피려고 총을
두 자루나 차고 있어.
얼마나 무겁…
쩌억
텅
와아앗!
츠르르
뭐야, 콧수염!
무슨 일인데?

퍽
크읍!
츳 츳
츳
퍽
크!
퍽
퍽
퍽
……!

이…
이런!
퍽
퍽

턱
턱
떼로 몰려
든다!

슈
슉

아까 너희 회사
안드로이드…
방금 그것들
소행 같아.

허억!

놀라긴!
여긴 머리 무더기가
있던 냉장고
입구야.
아무래도
나만 무장해선
안 되겠어.

그것들을
전부 없앤다고
해도
……
앞으로 또
어떤 위험이
닥칠지…

이 자식…!

이 자식
때문이야!
뭐야!
퍽
퍽
퍽
가만히
잘 지내고 있는
나를
퍽
퍽
퍽
이런 데까지
끌고 와서
개고생 시키더니
이렇게 죽게
만들려고?
퍽
퍽
퍽
왜? 왜
날 찾아온 건데?
퍽
퍽
왜 내가 이런 데서
개죽음을 당해야
하냐고!
끄륵…!
진정해!
심부름하는
꼬마가 무슨
잘못…!
털썩
커허억…!
꼬맹이!
괜찮아?
지금 이게
괜찮아…
보여…?
하아아…
돈벌이는 둘째
치고
이것들이랑
살아서 나갈 수
있을까?
이 개자식!
퍽
퍽
퍽
살다 살다
애를 그렇게 패는
미친놈은…!
퍽
퍽
퍽
놔! 이거!
고객이고 지랄이고
이런 사이코는
반 죽여놔야 돼!
이거 안 놔?
야, 이 쓰레기
약쟁이 자식아!
일어나!
!

……
……

내가 더 맞았어!
퍽
퍽
퍽
아, 그만! 쫌!
이거 놓으라니까!
퍽
퍽
야! 야, 약쟁이!
오, 그래! 일어나! 일어나!
이제 뒤돌아 뛰어와!

……
이제 뭘 해야 되는 거냐?
…응?
……
뭘 하긴! 그대로 달려오라니…
읍!
무장! 개인 무장!
여길 다시 왔다 갈 일 없게 빠짐없이…
……
흥! 꼴하고는…
이제 앞이 보이냐?

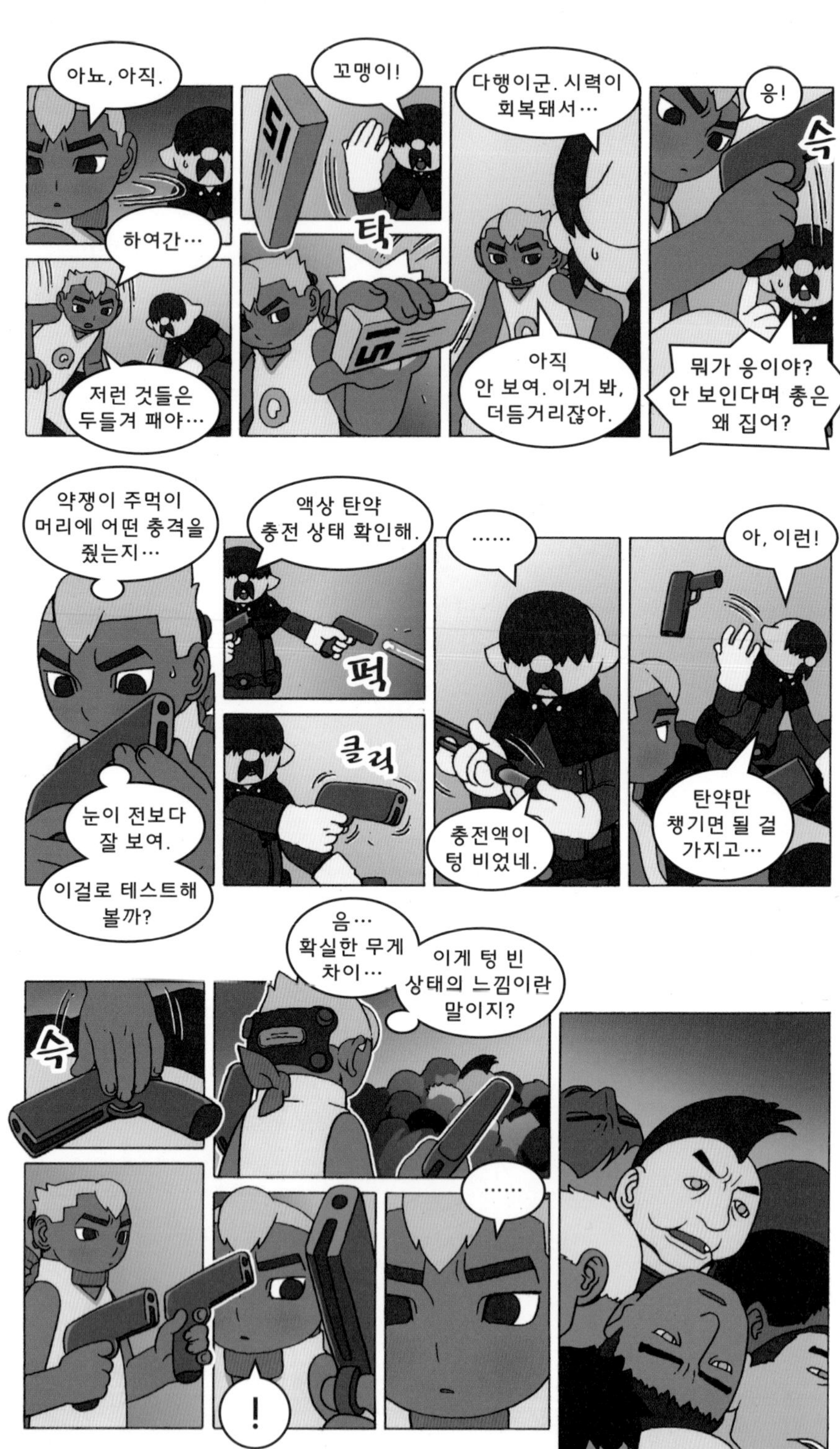
아뇨, 아직.
하여간…
저런 것들은 두들겨 패야…
꼬맹이!
탁
다행이군. 시력이 회복돼서…
아직 안 보여. 이거 봐, 더듬거리잖아.
응!
슥
뭐가 응이야? 안 보인다며 총은 왜 집어?
약쟁이 주먹이 머리에 어떤 충격을 줬는지…
눈이 전보다 잘 보여.
이걸로 테스트해 볼까?
액상 탄약 충전 상태 확인해.
퍽
클릭
……
충전액이 텅 비었네.
아, 이런!
탄약만 챙기면 될 걸 가지고…
슥
음… 확실한 무게 차이…
이게 텅 빈 상태의 느낌이란 말이지?
!
……

……
맙소사…
이 녀석은…
!
이 녀석도…
……
모두
실버쿼에 있던
놈들.
환송식까지
끝내고 퇴사했던
놈들이야.

그랬구나…
뜬금없이
이브가 발견됐던
것도…
실버쿼
이 살인광 놈들…
실컷 부려먹은 뒤
이런 식으로…
왜? 아는
사람이라도?
!
응? 이상해.
놈들의
일처리가
이렇게
허술할 리 없잖아!

원래 택배물
확인부터
의뢰인, 수령인,
수령지 정보까지 전부
꼼꼼히 체크해.
그럼 내가
이곳에 들어올 걸
분명히 알고
있었을 텐데…
아니,
좀 더 정확히는
이 냉장고 열쇠는
원래 제트의 몫.
녀석이라고
이 현장을 놓칠 리
없다고!
그럼 여기는
그것들이 우리에게서
가장 숨기고
싶어 할 곳!
이런 곳으로
우릴 끌어들일 이유가
없지. 실버쿼의
소행이라기엔
무리야.
그럼…

퇴직자들의
현금을 노린
해적들의 소행…?
이라면 역시 이런 곳에
흔적을 남길 리가
없고…

……

뭐야, 이거…
이 냉장고…
꼬맹이! 무슨
일인데? 괜찮은
거냐?

젠장! 대체
여기는 뭔데?
도대체 콴이라는 놈
정체가 뭐냐고?

뭐긴? 평범한
데바림 족…
데바림?
예지몽의
그 데바림?

아, 별일 아니면
놀지 말고 어서 개인
무장이나 끝내!
탁
……

!
잠깐… 지금
누구 짓인지가 중요
한 게 아니지.

만일 지금
내가 본 것들을
본부에 있는
쿼 녀석들이 전부
보게 된다면…

거기다
실버쿼의 소행이라고
단언해버리면…
이건 건조한
화약고에 성냥불
떨어지는 꼴!

자신들에게
구원될 미래가 없다는
걸 깨닫게 되면
죽을 각오로
실버쿼 제어 시스템에
달려들 거야.

폭동…
그야말로 폭동!
엄청난 소란과
혼란의 틈!

탈출하기엔
최적인 거다!

틱 틱
OFF
틱
젠장할!

왜 아직도 연결이
안되는 건데?
탕
문이 열렸다더니
갑자기 두절돼선!

끄으윽…
안 돼! 이러다
제날짜에 입금
못 하면…

네?

마… 마빈 군!
날 좀…
날 좀 도와주게.

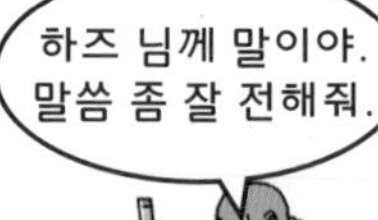
하즈 님께 말이야.
말씀 좀 잘 전해줘.

사정이 생겨서
입금이 기한보다
조금 늦어질…

……
이… 이봐!

이러지 마!
내가 얼마나 성실한지
자네도 잘 알잖아!
제발 하즈 님께
양해를 좀…

급한 대로
대출금은 잠시 다른
걸로 메꿔놓을게요.
최대한 빨리
입금하세요. 하즈 님
잘 아시죠?
그럼…

후우우우…
틱
고마워….

애들 전부
집합시켜!
네? 수마이 님!
무슨 일로…?

무슨 일은?
먹고사는 일이지!
준비해!
내가 직접
움직인다.

설마 이것들…?
좀 더 확대해 보겠습니다.

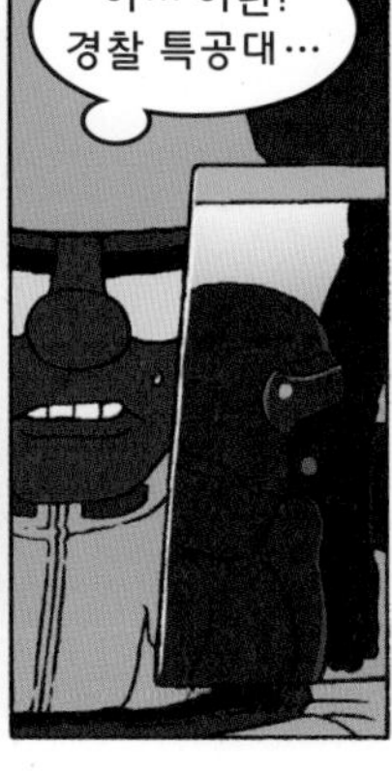
이… 이런! 경찰 특공대…

경찰?

네, 특공대를 움직이려면 여기 이분의 개입이…
이 여우가?

그래… 이 녀석, 아무거나 잡아먹진 않지.
냉장고가 확실히 덤벼들 가치가 있나 보군.
아무래도… 여기서 그만 물러나야지 싶습니다.
장물 때문에 군과 경이 충돌했다고 알려지면…

그럼 네가 군복을 벗어야지!
빌어먹을! 왜 하필 경찰이냐고!

……

그 여우가 들어왔다는 건 먹거리가 풍성하단 거야.
약간의 소란을 감수할 가치가 있어.

남이 먹는 걸 지켜보고만 있을 바에야
나눠 먹는 게 낫지. 좋아! 우리는 여기서 손 뗀다. 대신에…

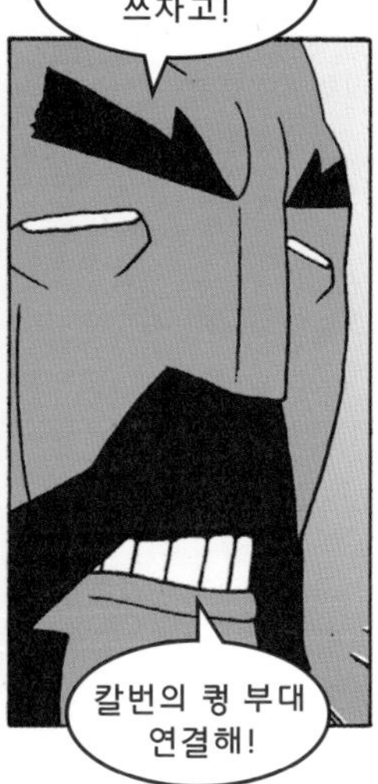
외행성 용병들을 쓰자고!
칼번의 쿵 부대 연결해!

슈슉
뭐야, 여긴 왜
다시 들려?
잠시
해야 할 일이
있어.
저기 있군.
기다려. 난
정황 좀 보고
올게.
슈슉
작동이…
완전히 멈췄다.
……
툭
!
그래…
이왕 실버퀵의
소행으로 몰아갈
거라면
이브라고
예외일 수 없지.
진실을
감추기 위해 같이
처리한다… 라는 설정이
자연스러워.
이것들
장비 중에…
뒤적
착
오케이!
미안…
착한 기계야.

어차피…
쓱
쓱
쓱

본부의 쿵 놈들을
움직이려면
내 의도를 충분히
반영할 이미지들이
필요해!

기억의
이미지 복원과
편집에는
애플 차원의
접근과 설득, 거래가
따라야 한다.

……

가래떡한테
당한 거라면 절단면이
좀 더 매끄럽…

!

응? 이게
뭐야? 뭐가
박혀 있는
거지?
쩌억

……

뭐야, 이거…
원래 이브
머릿속에 있는…
건가?

혹시
모를 일이니 일단
챙겨두자.
슥

이…
이 개자식!

콱
!
툭
……
자, 조심
조심…
개자식!
푹
아, 이 씨…
퍽
죽어!
퍽
퍽
죽어!
이 개자식!
퍽
퍽
죽어!
죽여버릴 거야!
우주 끝까지
쫓아가서 반드시
퍽
퍽
퍽
내 손으로 죽여
버릴 거야!
규오!
이 개자식아!
퍽
퍽
퍽
퍽
야!
야!
약쟁이! 주먹에서
피 나잖아!
!
……
끄아악…!
……
참… 가지가지
한다.
크흐윽…
……
甲
지로야.

크흐윽…
대답해! 규오 님 말씀 하시잖아!

티 나지 않게 얼굴은 피해서 쳐라.
퍽
퍽
퍽

지로야, 네가 이런 걸
남의 집 안방마다 뿌리고 다녔다며?
슥
읽어봐.

척

여러분의 도움이 필요합니다.
이번에 검찰에 고발당한 악당 규오가

지은 죗값을 모두 받게 하려면
여러분들의 협조가 필요해요. 규오에게 당한…

그만! 이게 뭐니, 도대체?
누가 들으면 내가 정말 나쁜 놈 같잖아!

왜? 검찰에 고발 당했다고 하니까
내가 너희 곁을 영영 떠날 것만 같아?

카아아아악!

퉤

거둬준 은혜를 원수로 갚아도 유분수지…
으읍…
설사 너희 덕에 내가 종신형을 받게 되더라도

불과 몇 년 뒤면 몸짱 돼서 다시
너희 앞에 나타나게 돼 있어. 어떻게 그게 가능 하냐고?

내 위로 몇 단계만 거치면 누가 있는 줄 알기나 해?
나 패왕님 라인이야. 깝치지 말라고!

예에?

예에라니?
너희 업계 핵심들은
다 아는 사실이라던데?

최근에 네가 내게
공급한 하이퍼 퀑들의
전투력이
고산가 같은
귀족 놈들에게 팔리는
놈들보다…

누… 누가 그런?
아닙니다, 패왕님
정말 최고들만
선발해서 보내드리고
있습니다.

단언합니다.
지금 훈련 중인
친구들이 마저
채워지면
어쩌면
8우주에서 열 손가락
안에 들 전력을 갖게
되실지도…

어쩌면?
열 손가락 안?
이게 지금 날
뭘로 보는 거야?
내가 누구야?

패왕! 8우주
지하 마켓의 주인
이라고!
알겠어?
내 경호대가 우주
최강이어야 한단
말이다!

그러려면
지금 예산의 10배
이상은…
아, 몰라! 몰라!
돈 없어! 하여간
내가 최고! 알아서
세팅해! 끊어!

주인님, 면회
요청했던 지부
부장입니다.
들라고 해.
OFF

패왕님께
문안…
아, 시끄러!
용건!

이번에
평의회
검찰들에게
고발당한
행성 모압 지부의
행동 조직원 규오라는
놈에 관한…

왜? 조직원
등급이면 평의회
법대로 처리하면
되잖아.
그게
그러니까…

검찰 조직이
우주 패트롤과
연합해서
패왕님을
압박하려는 조치
같습니다.
압박?

조직원 규오가
모압의 거래 장부를
맡고 있던 터라…
뭐? 아니…
어떻게 관리했길래
일개 조직원이
장부를 관리해?

그… 그게
모압의 경우는 거래
순수익률이
너무 낮다고
지적해주셔서
팀장급들을 전부
타행성지로…

이런 미친…
콱
큭…

지금 그걸
말이라고? 응?
빡
빡
영업력을 늘려
수익을 높일 생각을
했어야지!

그래서? 너 때문에
그런 꼴인데
빡
빡
나더러 어쩌라고?
응? 이 자식아!

규… 규오라는
녀석을…
빡
패왕님!

민G 양의
새로운 싱글이
이제 막…
……

아슬아슬
두근두근…
오오오!
내 사랑…
그런데…
머리 색이
왜 이래?
그 예쁜
검은 생머리…

감히 우리 민G의
귀한 머리결을 이따위
색깔로…
당장 기획사 사장이랑
코디 잡아와!

아…

어떻게 이곳을 알아냈는지…

지난 2년간 모아왔던 증거자료와 장부 복사본…
놈들이 전부 털어갔어.

이제…
이제 어쩌죠?

……
툭

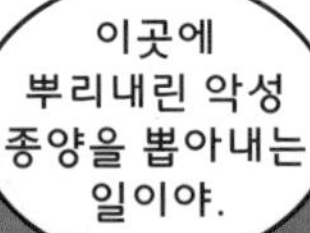
이곳에 뿌리내린 악성 종양을 뽑아내는 일이야.

아무렴 이 정도 저항을 예상 못 했겠어?

놈들의 증거자료 약탈이나 우릴 향한 테러가 없었더라도
족히 3년은 걸릴 일이었어. 처음부터 다시 시작…

……

서… 선생님!
미… 미안.

더 이상은… 더 이상은 못 버티겠어.
내 생각이 틀렸던 것 같아.

상대를 봐가며 덤비라는 충고를 들어야 했어.
선한 의지가 이기는 게 아니야. 뭣도 모르면서…

여기 불쌍한 사람들을 정말 괴롭게 만든 건
규오 일당이 아니라 바로 나였어. 내가 이곳 일에 끼어들지만 않았어도…

전화가
오는 거야. 아이들
한테서, 부모들
한테서…
우리 아빠가
우리 아이가 당신
때문에 죽었다고,
죽어가고
있다고…

당신이 우리
인생에 끼어들어
생긴 일이라고…
도망가지 말고
책임지라고…

우릴 돕던
단체들도 협박을
받은 모양이야.
나 때문에…
나 하나 때문에…

……

그것들한테
많이 맞았다며?
괜찮아?
…선생님은?

응, 재정비해서
다시 시작하자고
하셨어.
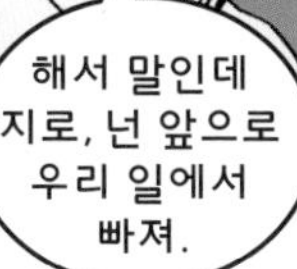
해서 말인데
지로, 넌 앞으로
우리 일에서
빠져.

이 말 전하려고
직접 온 거야.
……
선생님
결정이야?

그것들
장부 같은 거
빼내려면
내 기술…
다른 친구를
알아볼 거야.

그럼 잘 지내.
……
지금 이거
네 생각이지?
너 처음부터
내가 약쟁이라고…

왜? 이런 일
터지니까 나 같은
것부터 치워야
겠던?
선생님
결정이야.

2년간 유지됐던
아지트 비밀…
규오 일당한테
일러바친 게 누군지
알기나 해?

왜 다른 친구들은
죽었는데 너는 맞기만
했을까?
네 어머니한테
물어봐!

받아요!

주방 아줌마가
국이라도 끓여
드시래.
고맙습니다.

내일은 1시간
일찍 와요.
네에…
내일 뵐게요.

후우우우…

틱
틱
틱
틱

……
요금 미납으로
발신 불가

어… 엄마…!

타닥

!

왜?
튀려고?

퍽
퍽
퍽
퍽
퍽

처음부터…
퍽
이렇게 될 줄
알았어.
퍽

이래서 약쟁이 조심하라고 선생께 충고했건만…
퍽
퍽
퍽
왜? 뻔하거든! 약이 필요하면 무슨 짓이든 할 테니!
규오가 약 준다고 불라고 했지?
퍽
퍽
퍽
동지들 죽음으로 뭘 얼마나 받아 처먹기로 했니?
널 살려주는 대신 오늘 이후 완전히 고립시킬 거야!
퍽
퍽
퍽
평생 너 같은 약쟁이들하고 지내라고!
약에 절어 네 가족들이나 괴롭히다가 뒈져버려!
이 약물 쓰레기야!
퉤

……
그래, 역시 지로의 안전을 위해서…
네?
우리 지로는 그냥 맞기만 했잖아.
그러면 다른 녀석들이 어떻게 생각하겠어?
그놈이나 가족 중 누군가 밀고했다고 당장 알아차리겠죠.
그래, 바로 그거야. 그럼 곤란하지.

다른 녀석들이 공감할만한
페널티가 좀 더 필요하다… 그 말이야.
우리 지로의 여동생이 대신 받도록 하지.
좀 더 많은 손님들에게 정성껏 봉사할 수 있는 곳에 가는 거야.
예쁘니까 더 많은 동정심을 얻게 될 테고
그럼 지로네가 보다 안전해지는 거잖아.
우린 그 대가로 조사받기 전에
회식이나 한번 거하게 하지 뭐.

크윽…
……
하아아…
!
……

……
슥
츠즈즈

아…
……
……
지로야…
무슨…
일이니?
……

슥
밥…
안 먹고?
……
국물이…
너무 짜.
마당에 있을
테니까…
나오지 마.

……
팅
!
오, 이런!
우리 지로의 사적인
시간을 방해했네.
한 가지 알려줄 게
있어서 말이야.

타다닥
안 돼!
안 돼!
끄륵…
안 돼! 내 동생 건들지 마!
이 개자식아! 계약서…
그 빌어먹을 계약서 내놔!
팍
이게 미쳤나?
오해야. 널 위한 조치라고!
계약서 문제는 전에 얘기했잖아!
돈이야, 돈!
언제든지 돈만 가져오라니까!
돈만 있으면 바로 계약 해지야! 그런데…
너 약값도 밀려 있다면서…
크흐윽…!
탕
탕
탕
탕
탕
탕
안 돼!
안 돼! 이 개자식아!
탕
내 동생 내버려둬!
탕
탕
그깟 돈 날 팔아서라도…
!
……

!
슥

텅

뭐… 뭐야?
우린 외상 안 돼…

전화!
전화 한 통화만!

……
아, 모압의…

그 제안…
아직도 유효한가요?

이봐, 약 중독자는…

할 수 있습니다! 약 끊을 수 있어요!
그래서 말인데…

하! 그 자식…
성깔 많이 늘었네.

그래, 계집애 몸값은 얼마나 쳐준대?
2천까지 맞춰주겠다고…

뭐 마지막 파티 비용으로 나쁘지 않…
슈슉
!

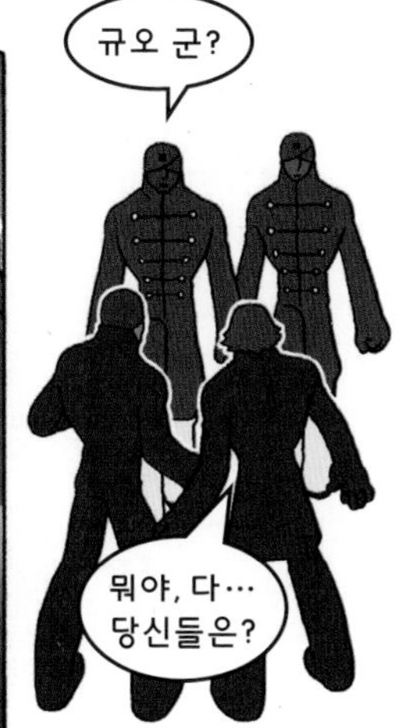
규오 군?
뭐야, 다… 당신들은?

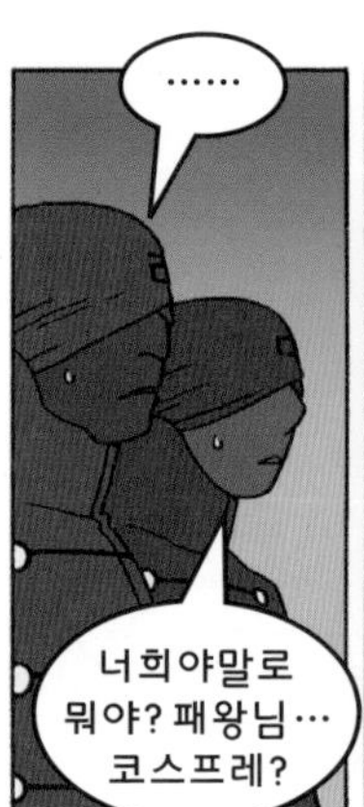
……
너희야말로
뭐야? 패왕님…
코스프레?

이놈 보게!
감히 패왕님 글자를
이마에?
아, 이건
존경의 의미로…

존경이라니?
모독이야!
콱
근데 당신들은…?
설마…

이래저래
흉내 내느라 애썼다.
어서 벗어!
뭐? 나…
엄청 싸움 잘하는
쿵인데…

난 행성간 이동
하이퍼.
팬티까지
벗을까요?
과하면
처맞는다.

우린 패왕님의
자음 경호대야!
아…

이 상태로 갔다간
넌 바로 분해될
거야.
툭
좀 참아!

치
지
직
크아아악…!

……
양팔 번쩍
들고!

그래!
이마 글자
의미에 맞춰
이 상태로
가자.

근데 갑자기
무슨 일로 이렇게…
검찰이 욕심내는
네놈 장부 때문에
민감해지셨어.

패왕께서 평의회
검찰로부터
널 지켜
주시겠대.

……

지로라고 했던가?
우리가 그런 부탁을 주고받을 사이는 아니…

3천 12만 원만 빌려주쇼!
약 끊고 당신과 계약할 테니까!

계약은 내가 결정해!
난 자네한테 관심 없어.

뭐? 그럼 날 왜 찾아온 건데?
약쟁이인 줄 몰랐지.

아, 그러니까 약 끊겠다고!
……

정말…
약 끊을 수 있겠어?

물론이지! 약 같은 거 끊을 수 있다고!
내가 그까짓 약…!

말하는 걸 보니 자네에 대한 확신이 서는군.
개가 똥을 끊지.

피곤하군. 나야말로 이만 끊을게.
자… 잠깐! 제발 도와주쇼! 끊지마!

틱
OFF
뭐… 뭐야!
이거 외행성 통화잖아!

이런 미친… 선의를 베풀면 염치가 있어야지!
퍽
행성간 통화료가 얼마나 나오는지 알기나 해?

꺼져! 약이나
구걸하러 다니는
거지새끼…!
탕
이봐! 급한
통화야!

네가 급할 게
뭐가 있어?
아쉬운 건
그 남자일 테니까
넌 그냥…

퍽
팅
저…
저기…

돈을 갚지 못하면
내 동생이…
지금보다
험한 곳에 팔려가.
제발…

아, 글쎄 당신
동생 얘기를 왜
나한테 해…?
당신 가족이나
친구들한테나
전하라고.

지금 내가 얼마나
짜증스러울지 입장
바꿔 생각해봐.
끊어!
자… 잠깐!

이… 이거!
그게 뭐?

당신…
당신 수하의 행성간
이동 능력으로
모압에 온 거지?
행성간 이동…
원리원칙대로라면
꽤나 중범죄
아닌가?

너 지금 누굴
상대로…!
행성 출입국
관리소에 이 사실이
알려지면
3천 가지고
되겠어? 어디
벌금뿐이야?

흥! 그런 건
부정해버리면 그만
이야! 내가 어디
한두 번…
전에 절대
말해줄 수 없다고
했던 또 다른
내 쿵 능력…
사물의 기억을
읽는 거야.
여기 당신의
행적이 고스란히
남아 있어!

까득

크흑…
……

하아아… 그래!
넌 약쟁이니까
약에 취해서
지금 무슨 짓을 하고
있는지 모르는 거야.
그렇지?

……
3천…
그 정도는
네 잘난 다른 능력으로
얼마든지 챙길 수
있잖아.

그렇게 급하면
은행이라도 털라고!
얼마든지 가능
하면서…
약은 하면서
왜 그런 건 안
하는 건데?

당신
예상보다 내 전과가
훨씬 더 화려해서
말이야.
내 계좌는
감시 대상으로
등록돼 있어.

30만 원만 넘으면
형사들이 찾아와.
무통장입금도
차단되고 일자리를
찾는 건

약쟁이 큉이라는
이유로 불가능…
누구도 날
상대해 주지 않아.
무엇보다

나로서는
계좌 이체 흔적이
반드시 필요해.
현금으로
갚았더니 놈들이
못 받았다고 억지를
부려 자주 골탕을
먹었거든.

하지만
당신이라면…
당신이
내게 주는 계약금
형태라면 형사들이
추궁 못해.

지금 이러는 거…
나도 염치는 있어.
…같은 소리하고
있네. 지금 이게…

제발…
제발 좀 도와줘.
아무리
생각해봐도

내 말을 들어줄
사람은…
이 우주엔 없어.

약 끊고 당신한테
날 팔게!
반드시…
반드시 그 돈
갚을 테니까
제발…

제발 여동생이
팔리는 것만 막게
도와줘.
그렇게만
도와준다면
최선을 다해…

……

후우우… 제기랄!
아주 똥 제대로
밟았군.
모압은 두 번 다시
가지 않겠어.

잘 들어. 난
너 같은 약쟁이 살 생각
추호도 없어.
나를 통해
돈 벌고 싶으면

약 끊고 이 돈
현찰로 가져와.
팅
계좌 번호?

하아아…
가… 감사합니다.
정말 고마워.
내가 이 은혜를…

……

아, 3천이면
3천이지. 대체
뒤에 12만 원은
뭔데?
팅

그… 그건…
밀린
전화 요금…

크아아아…
약 처먹고
지옥에나
가버려!

오오라…

이놈 보게…
30,000,0
우리 지로
능력있네.

내 계좌로
입금이라니…
형사들 추궁을
면한 모양이야.

우리 친구
대단해요!
계약서! 어서
그 계약서 파기…

파기라니
이 돈은 거기에
쓰일 게 아냐.
뭐…?

네 동생 2천에
사겠다고 했던
친구들…
아… 안 돼!
그건 절대 안 돼!

그래, 이 돈에서
2천으로 험한데
안 넘기고
지금 일하는 곳에
계속 머물게 할게.

나머지 천은
그동안의 이자!
잘했어!
너…
지금 어디야?

넌 나름대로
오빠 노릇을 해낸
거야! 자부심을
가지라고!
거기 어디야?

여기?
모압에서 꽤 떨어진
외행성인데.
패왕님이
계신 곳이지. 평의회
검찰들은 손도
못 대는…

아무리
많은 돈을 지불해도
너 같은 일반인은
올 수 없어.
네 여동생 운명은
내가 쥐고 있으니까

넌 흥분
가라앉히고 그곳
모압에서
착실하게
돈 만들어서 내게
이자 송금하면 돼.

죽여버릴 거야!

반드시 죽여버릴 거야!

……

특이한 녀석이네요.

그러게…

약 끊겠다고 슬럼가 녀석이 여기 복지관까지 찾아온 경우는…

내 기억으론 처음이야.

여기 오려 해도 거기 애들 대부분 이곳 사람들 시선에

주눅이 들어 발 디딜 생각조차 못하는데…

절박한 동기라도 있는 모양이지.

일반 주택가 회원들이 저 친구를 상당히 꺼려하네요.

하여간 사람들 진짜 웃겨.

본인들도 같은 약 중독이면서 이 와중에

집값 떨어진다고 슬럼가 사람들 밀어내기 바쁘니…

이봐, 거기!
오늘 새로 온 친구!
손등에 피!
!
……
보자,
이 정도면…
……

슈슉
!
이런
제기랄!
쏴!
어서 쏴!
!

뭐야, 이것들은?
사제 주제에
무엄하게! 감히
눠 앞에서…!
……
장로 할매,
이건 뭔데?
팅
데바림들과
어울린 사실이
확인됐어.
종단 밥
먹는 사람이 이러면
곤란하지.

오… 오해야!
그건 어디까지나
포교를 위해…
당신 바로
치우래.
후우우…
후루룹…
잘 알겠습니다.
바로 움직일게요.
츠르르릇
츠르릇
흡!
팅

사형, 재밌는
타깃들이 생겼어.
아, 노인네
치우는 건 정말
싫어!
아무리 임무라지만
할매를 삼키고 싶진
않았다고!
꺼억
뭔데?
백경대
올드보이들, 아오리카
사태에 참여했던
녀석들인데
시체로 데려오래.
뭐? 아오리카
사태 멤버라고?
그래,
임무 완수하면
우린 단번에 주목
받게 될 거야.

종단과 맞설
자금을 마련하려고
데바림들이 키워서
백경대에 심어놨던
놈들이라네.
아오리카 사태 때
엄청난 양의 마약을
빼돌렸대.
그런데
그게 하필이면
모압 쪽 헬게이트!
크크크…
총무님이 우리
백사회와 백경대
전투력이 궁금
하시다며
그놈들과 숫자를
맞추라셔. 한 사람
더 데리고 가래.
백경대
올드보이들…
이거 오래간만에
설레는걸.
좋아, 막내를
부르자고.

약이 든 박스가
엄한 놈들에게
열리다니…
우리 쪽 피해를
줄이겠다는 관의 결정
이라지만
녀석의 죽음도
그렇고…
우리가 예지한 인과율이
계속 어긋나고 있어.

인과율의 란…
놈의 개입이
본격적으로 드러나고
있는 거야.

사건들은
종단의 계획대로 계속
비틀고 있어.
놈의 간섭을
막으려면

다른 우주로부터의
새로운 조건 더하기,
즉 이계의 존재들을
꾸준히 8우주로
넘어오게 해서

놈의 인과율
계산에
교차공간을
통과하거나
과부하가 걸리게
만드는 거야.

이계로부터
소환하는 능력의
퀑을 통하거나.

현재 우리가
중점을 두는 건
소환 능력의
퀑을 최대한 많이
확보해

8우주 전역에
배치하는 것…

크크크…
……

데바림들
머리 굴리는
소리가
여기까지
들리는 것 같군.
웃차차…

…란이시여,
그들이 종단 계획에
방해가 된다면
왜 한 번에
모조리 치우시지 않는
겁니까?

그것들이
내 인과율 계산에
과부하가 걸리길
원하거든.
네?

내 계산을
방해하는 건 외우주
로부터의 돌발
변수…
평의회의
강화된 경비시스템
덕분에

교차공간으로
외부 조건이 유입될
가능성은
대단히
희박해졌어. 그럼
남는 건

소환 능력
쿵 놈들인데…

고맙게도
데바림들이 시간과
비용을 써가며
종단 타임라인에
영향을 미치지 못해
내 계산 밖에 있는
놈들까지

구석구석 뒤져
미리 찾아주고
있는 꼴이야.
아…
우린 가만히
놈들의 움직임만
관찰하면 돼.

마무리는
종단 청소부들에게
맡기고.
데바림들 덕분에
손 안 대고 코 푸는
격인걸.

게다가 이것들이
조직을 만들고 성장
시키는 과정은
대단히 유용해.
종단의 3단계
목표가 달성된 뒤에
발생할

반동 세력들의 발생과 성장, 그리고 몰락 과정을 미리 보는
좋은 사례가 될 거야.
우리에겐 일석이조의 효과지.

그 녀석들… 내 계산 방법과 용량을 잘못 알고 있어.
내가 정말 부담을 느끼는 건
그것들이 노리는 것처럼

8우주 곳곳에 배치될 많고 다양한 변수들이 아니야.
사건이 종단 계획의 인과율 초과점을 넘지 못한다면 무의미해.

사소하더라도 계산의 틀 전체를 뒤흔드는…
……

여하간…
콴의 냉장고라 불리는 모압 헬게이트의 이번 이벤트로

8우주 질서에 대대적인 개편이 있게 될 거야.
없는 힘을 있는 척 하기보다 있는 힘을 없는 척하기가 배는 힘들지.

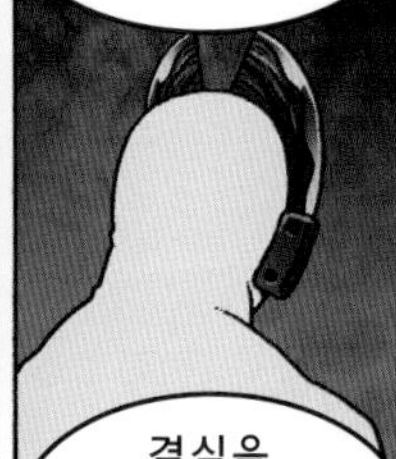
그간의 착실한 알짜배기 성장이
결실을 맺는 거야. 종단의 새로운 파트너.

신구 백경대의 전력은 막상막하지만
고산의 자만이 결정적인 실수를 하게 돼.

8우주 역사에 길이 남을 하이퍼들의 혈전…
고산가는 이 싸움에서 패하고

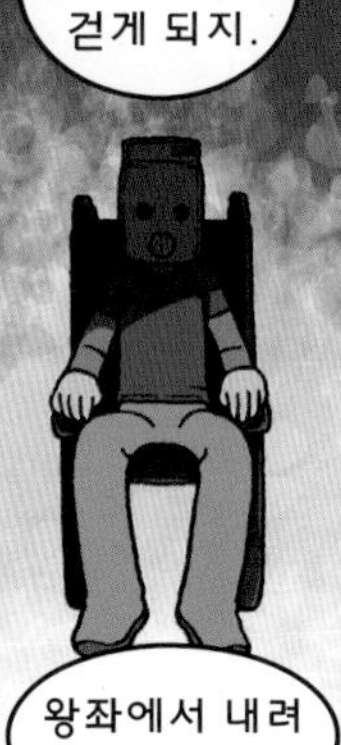
이제 몰락의 길을 걷게 되지.
왕좌에서 내려 오는 거야.

그 자리를 채울 새 주인공,
우라노의 엘! 그의 시대가 열리면서

조슈아 님이 부활하는
종단 비밀 프로젝트 덴마가 본격적으로 시작된다.

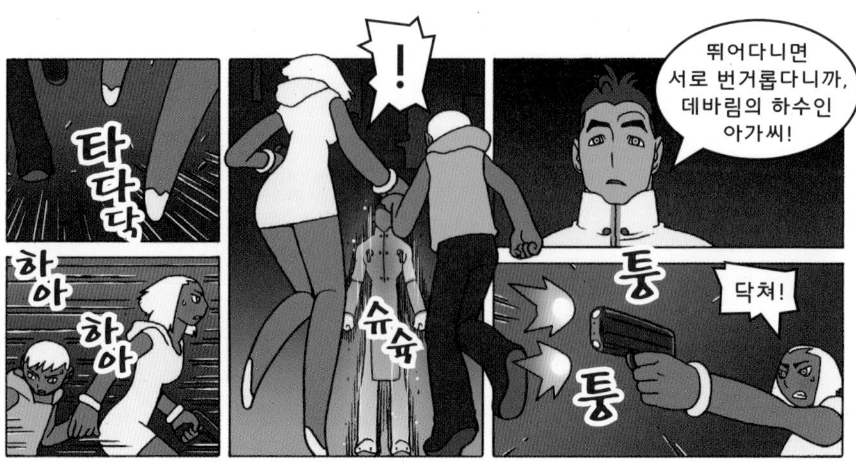
타다닥
하아 하아
!
슈슉
뛰어다니면
서로 번거롭다니까,
데바림의 하수인
아가씨!
퉁
퉁
닥쳐!

우왓!
팃
팃
치잇…
쿵 사제
놈!
오해 말라고.
난 당신한테 악감정
없어! 단지
명령을…
퉁
퉁
퉁
그게 무슨
개소리야!

티딧
크읏…
어서!
티디딧
어서
도망쳐!
드래곤!
콰아악

티디딧
우와아앗…!
……
어째서…
이게 생물들은
하나같이 저따위로
생긴 거냐?
꼬마, 저것들을
어디서 불러오는지
너도 잘 모르지?
나도 그래.
티딧

나도 내가
너희를 보내는
곳이
티딧
어딘지
잘 모르겠어.
다만…
그곳에서
모두…
무사히 지내길
바랄 뿐이야.
티디딧
무시엘…

팅
막내야,
어디냐?
우리가
종단에서 주목받을
거리가 생겼다.
곧장
이리 넘어와.
후우우우…
하지만…
소환 퀭을 확보하려는
우리 노력은
종단 놈들에게
여기저기서 방해
받고 있어.

그렇다고…
그만둘 수도 없는
노릇이야.
뻔히 무의미한
희생이 일어나는 걸
알면서도…

그런 방침은
선생답지 않은데?
왜? 놈들의
시선을 그렇게
묶어놔야 할
또 다른…?
응, 우리가
소환 퀭에만 집중
하는 것처럼
보여야 돼.
새로운 전술
방법을 찾았어.

인과율의 괴물
란…
조만간
과부하로 반드시
놈의 머릿속 회로를
태워버릴 거야.

……
선생, 상황 보고는 이 정도로 마치고 우린 현장으로 갈게.

임무 때문에 다치는 일 없기를!
우리 때문에 두부 먹지 않기를!

판타 레이!
데바림!

칼번, 쿵 부대

아, 이것들 봐! 평의회 감사관 양반들!
당신들 지금 너무 지나친 거 아니야?

그건 부대 임무와는 전혀 관계없는
지극히 사적인 자료라고!

내가 그 아름다운 동영상들을 모으느라 얼마나…
동시에 기습 점거해 압수 중입니다.

지휘부 놈들은 어느 선까지 수색할까요?

……
아…
원래는 칼번 쿵 부대 해체 이슈에 반대하시던 입장…

응. 분명히 그랬지.
그런데 뜻밖의 변수가 생기면서 말이야.

행성 벨라의 주인과 의형제를 맺게 돼버려서…
벨라와의 전쟁 가능성 제로라는 조건을 입력하니까

쿵 부대가 해체되면 내게 엄청난 이익이 생기는 결과가 나왔어.
해서 평의회 친구들의 도움이 필요해진 거야.

어떤 형태로든 기회가 되면 물고 늘어져서
칼번 수뇌부를 압박, 놈들을 해산 시켜야 돼.

그 후에 생기는 수익의 절반으로
평의회에 더 많은 기부를 하겠어.
……

뭐든지 챙겨!
어떤 물건에 불법의 기억이 담겼는지 몰라! 닥치는 대로 압수해!

펍
펍

아, 이봐! 남의 속옷 케이스는 왜 가져가?
당신들 우리 부대를 통째로 옮길 셈인가?

맙소사!
재떨이 까지…

이런 젠장할!
아니 왜! 속옷까지 벗겨가지 그래?

팅
대대장님! 행성 모압으로부터 용병 파견 요청이…

……
……

콴의 냉장고…? 대체 그 안에 뭐가 들었길래…
좋아, 당장 버드 대위한테 이 거래의 가치를 확인해서 보고하라고 해.

그나저나
1분대 애들은
아직 열쇠
못 뺐은 거야?
나올 때가 된 것
같은데…
티
틱
크아아…!
이게 뭐야?
경찰 특공대라니!
그 늙은 여우…!
아아아…
난 끝났어!

난 끝난
거라고!
내 전 재산은
이제 하즈 그 돼지님
거야!
툭
아, 괴롭구나!
너무나
괴롭구나!
수… 수마이 님!
당신 누구야?
밀린 월급 못 줘!
턱

……
얘들아, 돈 못 준대.
우리 이 우주선이라도
겟…
……
마약이라뇨?
지금 그게 할 소리
냐고요? 하즈 님이
그따위…!
모압에서 추방당한
일당들의 믿을 만한
전언이라고!
보통의 마약범들이
다루는 품질과 수량이
아니란 말이야!
그 안에 든
물건들은…

……

그… 그런…
어서
이 사실을…

타닥

맙소사…

아오리카의
마약이라니…?
틱틱

응…
그렇다는군.

뭐야, 지금 뭘
계산 중인 건데?
틱
틱
이것저것…

그게 정말
아오리카의 물건들
이라면 당시 백경대
멤버들 몇이
엄청난 양을
빼돌렸단 소문이
사실인 거야.

오호라…

그 물건들
찾아올래.
뭐? 너 미쳤어?
그거 마약이야. 왜
우리가 그딴 걸
손대?

왜라니?
벌써 잊은
거야?
그게 아오리카의
물건이 맞다면

20년 전에
아버지가 돈 주고
산 거란 말이야.
그러니 당연히
되찾아야지.

그러니까…
수마이, 그놈이
돈 갚겠다고
마약을
훔치려 했다…

그런데 하필이면
자신에 관해 모든 걸
쥐고 있는
경찰청 경무관이
선수를 치고…

그래서?
그래서
녀석이 나한테
전하려는 용건이
뭔데?

아오리카가
사라진 이상 그 약들의
소유권은 가지는 사람
몫입니다.
행성 하나를
살 수 있는
양이랍니다.

그러니 부디
하즈 님께서 그것들을
챙기시고 제겐…
탈 나지 않게
현금화시키는 역할을
맡겨주십쇼.

……

행성 하나를
살 수 있는 양?
……

하여간
이 불한당 놈들…
표현 방식이 늘
그따위야.
그래도
거짓말을 하진
않…

……

놈이 전해 들은
말이 사실이라면
그 물건들의 가치는
법의 테두리를 훌쩍
뛰어넘어.

좋아, 밑져야
본전일 테니
한번 확인해
보도록 하지.

……

슈슉

슝

……

이런 허리는
처음 보는군.
그래, 돈 좀
되겠어?

나중에 행성간
이슈로 마찰을
빚더라도
당장
모압 측 용병 요청을
수락하시죠.

뭐? 그 정도란
말이야?
그 이상
입니다.
모압의 장군…
어처구니가 없군.
군경의 충돌을
막으려고

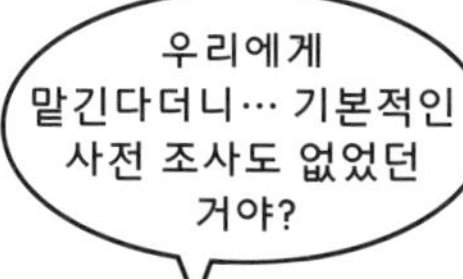
우리에게
맡긴다더니… 기본적인
사전 조사도 없었던
거야?

물론 우리야
고맙지. 무엇보다
이렇게 되면

지금 들이닥친
평의회 감사에
정면 대응할 명분이
생기는 거니까.
그들이 답을
요구하는 쿼 부대의
역할…

우주 패트롤과
평의회 검찰 팀이
놓치는 바로 이런
이슈인 거지.
수집 약물의
일부만 걔들한테
넘기고 나머지는
우리 몫으로
챙기자고.

당장 팀 꾸려서
모압으로 출발해!
부대의 사활이
걸린 문제니까 반드시
임무 완수하도록!

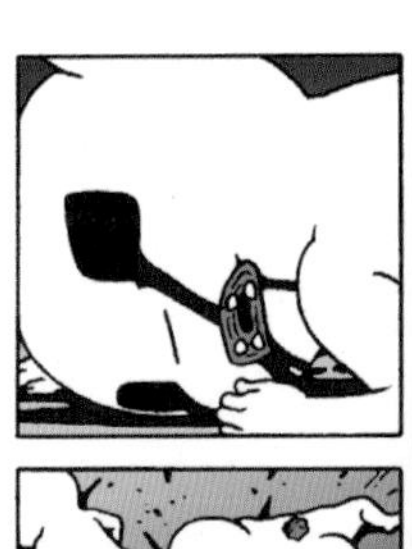

하아

하아

하아

전부…
해치웠나?
짐 챙겨서
자리 옮기자고.

슈슉

후우우…
턱

대체… 저것들
뭐야?
모압…
원숭이들인가?

턱
모압엔…
저런 거 없어.
이 행성 생물이
아니라고…
털썩

설마…
저런 괴물들로
이곳이 가득 찬 건
아니겠지?
……
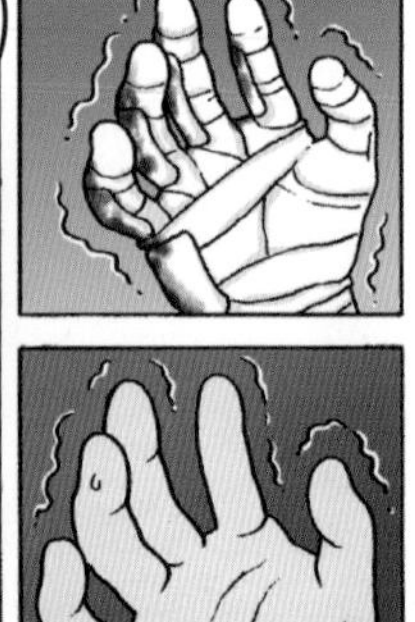
……

!

콱
……

그… 금단증상?
……
그… 그래!

오빠로서 그 정도
했으면 된 거잖아.
슬럼가 출신들…
누구나 다 그래. 다들
그렇게 산다고!

그 개자식은
패왕의 보호를
받는다는데…
내가…
이 내가 무슨 수로
뭘 어쩌겠어?

무엇보다 그놈은
더 이상 이곳에 없어.
모두가 원했던
거잖아.
그러면…
그러면 된 거
아닌가?

내가…
나 같은 게 뭘
어쩌겠다고…
이 정도면
나쁘지 않아. 그래,
그러니까…

그래, 작심삼일의
딱 그 삼일이로군.
개가 똥을
끊을 수 없으니
개인 거지.
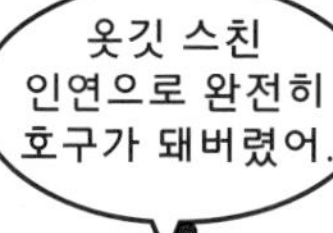
옷깃 스친
인연으로 완전히
호구가 돼버렸어.

뭐…
불우이웃 돕기
성금 낸 걸로
치고…

내 명함 가지고
또 장난치면 바로
묻어버린다. 그리고
이건……
똥개한테
던지는 연민의
마지막 덕담!

네 가족이나
주변 사람들 괴롭히지
말고
약 빨다가 혼자
조용히 뒈져라.

……

……
스
……
딸
깍
저런,
애 보는
앞에서…

어? 저건
또 뭐지?
저기 약쟁이가
약을 하네.

약은 손댄 순간…
그걸로 끝인 거야.
절대 못 벗어나.
에휴… 뭐야, 저게!
새파랗게 젊은 놈이…

……
그런데…
젊은 놈이 약을 하든 말든 지금 그게 중요한 게 아니잖아!
도대체… 어떻게 된 거야?
쏴!
어서 쏴!
오케이! 너희로 테스트 해주지!
탁

자, 와봐! 우라노의 무혈사신…
이 다이크 님의 진짜 치환 기술을 보여주마!
!
……
뭐야, 왜 이래?
퍽
야, 이 멍청이야! 쏘라는 물건 들고 뭐 해?
……

……
끄으응…
뭐가 문제야?
이런 제기랄!
왜? 왜 갑자기 기술이 안 터지는 거냐고!
기분 같아선 원래 몸에 있을 때 쓰던 기술들까지…!
……
원래 몸?
아, 역시… 뒤통수에 붙은 게 뇌전단 스캐닝 장치였군.

어쩐지
말투가 싸가지
없더라니…
아마 몸의
저항 때문일걸?
몸의 저항?

응,
무슨 사연인지는
모르겠지만
퀑이 아닌
일반인 아이의 몸을
빌린 거지?

무슨 소리야?
그동안 이 몸으로도
기본적인 기술들은
쓰고 있었는데?

그래, 그 아이의
몸이 감당할 수준의
기본 기술들…
너처럼 인위적인
방법으로 일반인의 몸을
퀑처럼 쓰게 되면

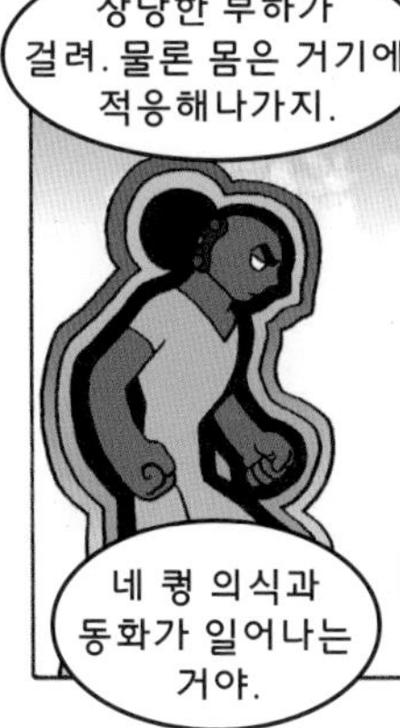
상당한 부하가
걸려. 물론 몸은 거기에
적응해나가지.
네 퀑 의식과
동화가 일어나는
거야.

시간이 지나면서
동화가 진행될수록
물리적 오류가
심화된, 복잡하고
디테일한 응용기술들을
쓸 수 있기도
하지만

동시에
몸에는 그만큼 압박이
더해지는 거야.
한계에 이르면
퀑 기술에 노출되는 걸
몸이 거부하게 돼.

그… 그럼
어떻게 되는데?
당장은 두 가지
경우로 나뉘어.

압박을 못 이겨
면역 체계가 무너지고
몸 전체에
악성 종양이 발생해
고통스럽게 죽거나

저항을 뚫고
더 큰 압박들을
견뎌내거나…
하지만
견뎌낸다는 것이
이겨낸다는 뜻은
아니야.

단계의 차이가
있을 뿐, 결론은
하나.
결국
한계에 다다른
몸은

완전히
부서진다.

!

남의 일이라고
참 침착하게 말씀
하시네, 응?
뭔데? 네가
그런 걸 어떻게
아는 건데?

근거 있어?
네가 봤냐고?
……

눈은 덮여가지고…
앞이 제대로 보이기나
하니?
마! 이거
안 놔?

……

제기랄! 너무
영롱해!

네 말이
사실이라면

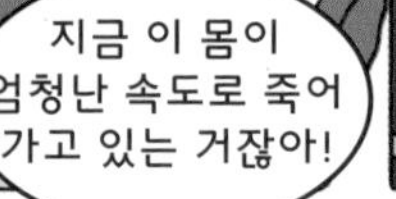
지금 이 몸이
엄청난 속도로 죽어
가고 있는 거잖아!

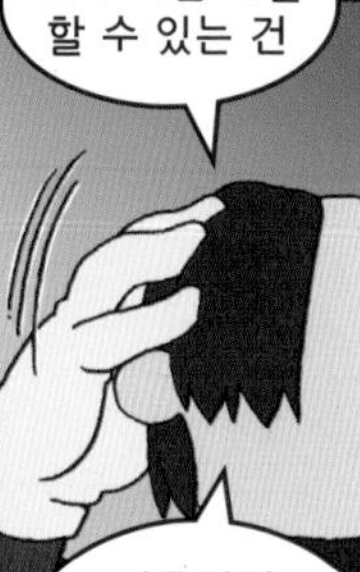
내가 이런 얘길
할 수 있는 건
지금처럼
퀑 딜러로 코딱지
만 한 수수료 받아
먹기 전에

한때 꽤나
잘나가던 퀑 트레이너
였기 때문이야.
!

여기저기
불려 다니면서 별의별
퀑들을 봐왔어.
소켓 모양은
다르지만 너 같은
케이스가 꽤
있었다고.

훈련 강도를
높이면서 내가
직접 겪은
일들이야.
……

슥
털썩

……
뭐야? 그게
정말이라면…
대체 뭐야?

…난 왜 소켓에
가둬진 거지?
컨트롤이
안 돼서…?

아니야, 나보다
거친 놈들 태반이야.
그것들 대부분
멀쩡한 제 몸으로
일하고 있어.

내 기술이 그리
유별난 것도 아니란
말이지.
그럼 왜?
도대체 왜…
……

힘내!
……
우라노의 무혈사신,
다이크 군.

……
힘내라고?
너 같으면…
힘이 나겠어?
실버쿽,
이 개자식들! 나와는
어떤 악연이길래…

차라리 그냥
죽일 것이지…
사람을 이렇게까지
구석으로 몰아넣는
거냐고.

큭큭큭큭…
너무 열 받으니까
그냥 웃음만 나오네.

역시 아까
총질할 때 내가 잘못
들은 게 아니었어.
도피 후 행방이
묘현했다던데…

정말 아이 몸에
갇힌 거라면 내겐
기회!
무혈사신 다이크!
엘가에서 이놈에게
내건 현상금…
내 인생… 다시
역전될 수 있어!
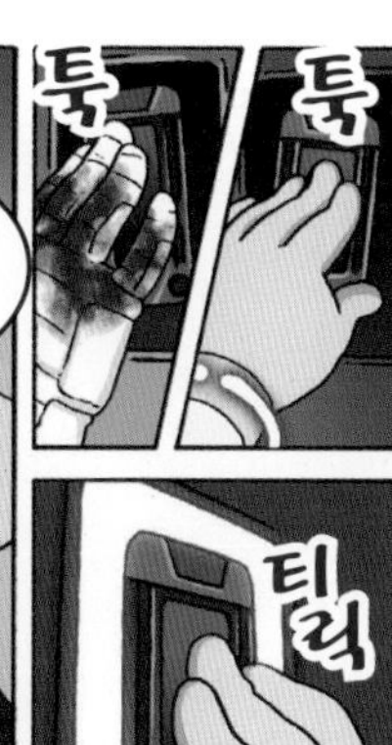
툭
툭
티릭

거기 둘!
이리 와서 좀
거들어!

!
이봐,
거기 너!
넌 이리 와.

!
너도!
한 두 놈만
더…

오케이!
거기 두고
원래 임무로
돌아가.

들키지 않게
저것들 동선 데이터
삭제해.
자네야말로
조심해.

걱정 마. 안전한
곳에 숨길 테니…
처리하는 대로
바로 연락할게.

슈
슈
슉

뭐야,
당신들?
이런… 벌써
한창이군.
순간이동 쿼들
같은데…

책임자!
이 현장을
지휘하는 사람이
누군가?

당신들 누군데?
용무가 뭐야?

우린 콴 영감의
친구들,
이 냉장고의
지킴이들이야.

지킴이?
당신 친구한테
못 들었어?
우리에게 열쇠를
넘겼다고. 더 이상
개인 소유가 아니란
말이야.

그건 우리의
동의 없이 이루어진
일이야.
친구의 판단을
믿지만 열쇠는
되찾아야겠어.
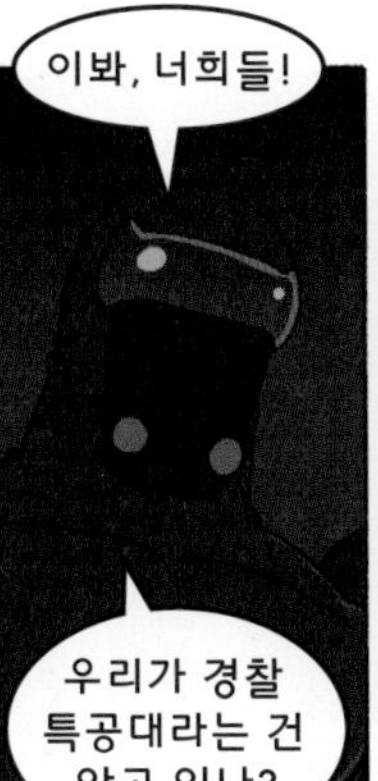
이봐, 너희들!
우리가 경찰
특공대라는 건
알고 있나?

누구냐는 건
중요하지 않아.
흔적 남기지 않고
치울 거니까.

웅우

스윽

그래…
처리하는 대로
바로 연락…

그런데 말이야.
처리하는 데 시간이
좀 걸리겠어.

이 정도 양이면
평생 돈 걱정 없이
살 수 있잖아.
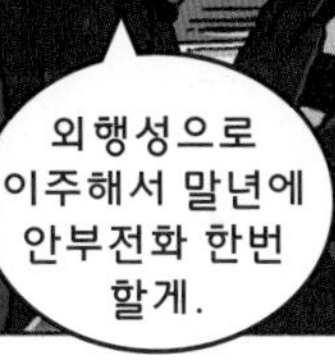
외행성으로
이주해서 말년에
안부전화 한번
할게.

슈슉

……
……

하즈 님, 전
치고받고 싸우고
싶다고요.
조사라니…
이런 일은 내 적성엔
안 맞는다고.

응?
우리 잘못 온 것
아냐? 여긴 별거
없는데…

!
소리…
비명소리…

……

이… 이런!
턱
뭔데? 같이
좀 보자.

끄아아아아…!
후드득

츠즈즈

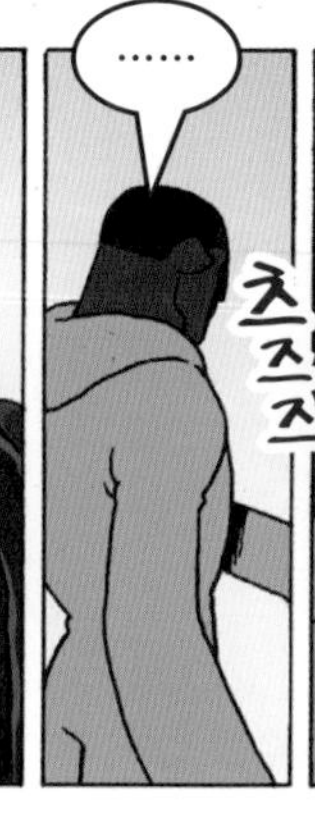
……
츠즈즈

열쇠…
그 양반을
찾아가면
되겠군.

오케이!

어?

텅
텅
텅

츠즈즈즈즈

붙어 있는 벌레들
일일이 떼려니까
번거롭군.
틱
틱
틱

이… 이런!

일단
옮겨놓을게.
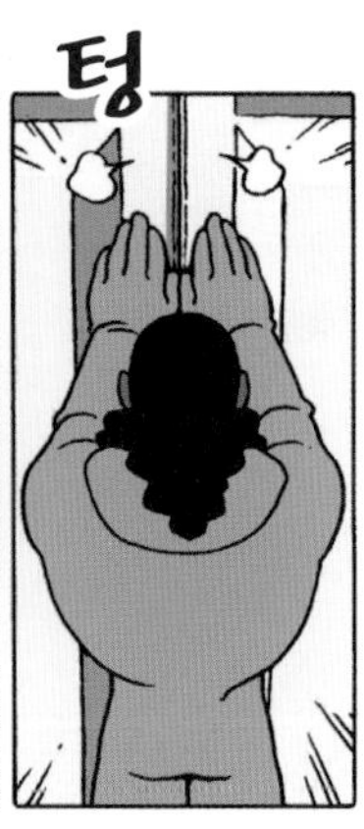
텅

드
드
드
드
드

드
드
드

됐어. 만에 하나
기억을 더듬는
놈이 오더라도
냉장고의
위치는 알 수
없을 거야.

백경대…
틀림없어!
은퇴한 백경대
선배들이야. 젠장,
하필이면!

……
……

맙소사!
지하 지층을
공간 치환했어.

이 상태로는
더 이상 조사가…
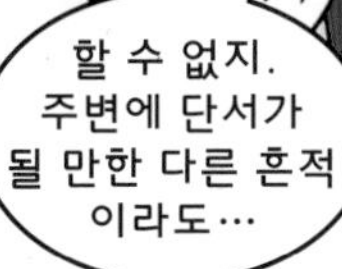
할 수 없지.
주변에 단서가
될 만한 다른 흔적
이라도…

……
여기!
소란이 있기 전에
현장을 빠져나간 녀석이
하나 있어!

우웅
……
마실 게…
덜컥

슈슉

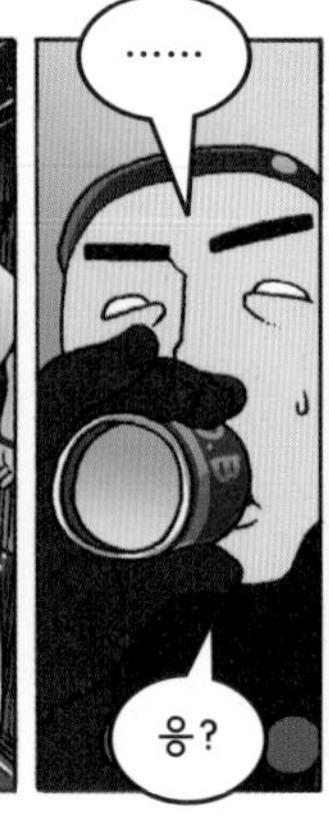
……
응?

!

우와아앗!

!

헉! 당신들
뭐야?

변기 저수조
안에 있군.
경찰도 그런 곳에
숨긴단 말이야?

어딜!
척
즈윽
경무관님!
당신을 해칠
생각은 없어.
틱
퍽
찾았어!

콴의 제안을
받기 전의 기억만
남기도록 하지.

어? 잠깐!
하나가 모자란 것
같은데…?
모두 7개
아니었어?

아, 나머지 하나는
냉장고 안에 있는 것
같더군.
그건 어떻게 찾을지
고민해봐야겠어.

팅
!

아니 왜
지금 이런 게
뜨는 건데?
냉장고 안에
전부 안 집어
넣었어?

뭐야,
그 시선들은?
내 일처리를 의심
하는 거야?
당장 위치나
확인해!

치지직
치지직

이게
뭐야…?
치즈스틱…
같은 건가?
응? 액체네.
어디…

……
!
맙소사! 이거
마약이야!
뭐?
아까 그…
그 선배들이
아오리카 사태 때
빼돌린…
……

슈슉

이런…
이런 곳에 빠뜨린
물건이 있었을 줄이야…

!

슈슉
……
……

우리…
제대로
온 거냐?

……

파견 중인
백경대 후배…?
근무지가 어딘데?
누가 시킨 일이야?

근무지 보안에
해당되는 거라…
그건
말씀드릴 수가…

난감하네.
하필이면 백경대…
난감할 게
뭐야?

우린 더 이상
저것들과는 관계
없잖아.
그냥 하던 대로
누가 시켰는지
알아내서…

어째
분위기가…
일단…
되돌아가자.

슈슉
팍
어딜!

……

맙소사, 이곳에
오겠다는 지원자 수가
이렇게나…
이러다간
파견 중인 공작님의
백경대가 고스란히…

슈슈슉
아, 이거
놔요!
누가
시켰는지…

!

……
아니,
자네들은…

이게 누구야…
정말
오랜만이로군.
근데… 딱히
반갑지는 않은걸.

네가 시킨
일이었구나.
아오리카에서
우릴 끝까지
견제하더니…

그래, 기억나!
아오리카 사건 때
사라졌다는…
소문만
무성했었는데
역시… 네놈들
소행이었구나!
이봐, 이봐!
자세한 내막도
모르면서
본인 수준에서
우릴 함부로 평가
하지 말라고.
닥쳐,
이 자식들아!
너희는…!

……
……

헉!
롯?
롯이다! 뭐야,
왜 저 자식이
여기…!

응? 당신들…
은퇴하지
않았었나?

그… 그래.
간만이네.
넌… 왜 이런 곳에
있는 거야?
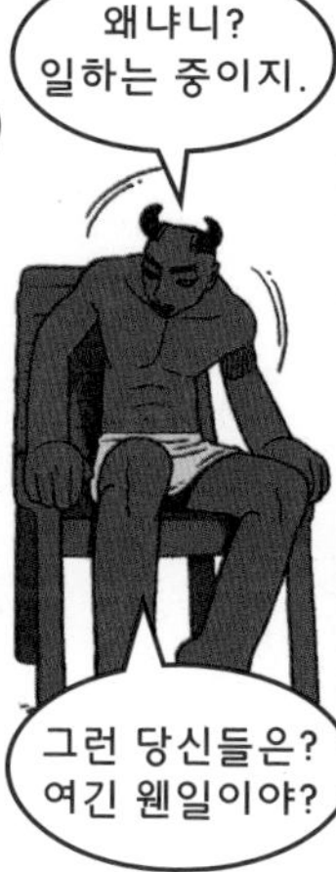
왜냐니?
일하는 중이지.
그런 당신들은?
여긴 웬일이야?

……
우리도…
일하는 중이지.
그래?
그렇구나.
반가워. 서 있지 말고
거기 앉아.

아… 아냐.
괜찮아. 신경
쓰지 마.
그래, 이렇게
서 있는 게
우린 편해.

아, 올려다봐야
되니까 내가 불편해.
어서…

앉아.
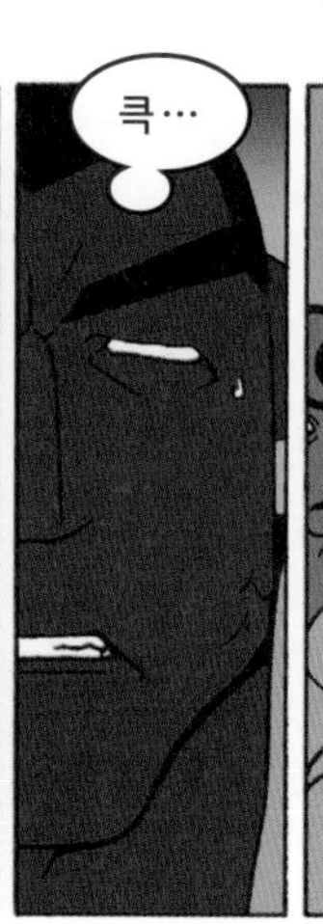
크…

이봐, 롯! 우린 더 이상
네가 아는 예전의 그런
선배들이 아니야!
네가 시켜서
앉는 게 아니라고!
우리가 원해서
앉는 거야!

치잇!
야! 너 지금
선배들을 무릎
꿇려?
누가
무릎을 꿇어?
우린 평생
이렇게 앉아왔어!
이것들이…
어서
하즈 님께…

……
소란이
있었군…
대체 지금
어떻게 돌아가고
있는 거야?
이 올드보이들이
헬게이트를 어디다
숨긴 거지?
이거 시간 좀
걸리겠는데…
!
슈
슈
슈

응?
츠
츠
츠
너희 뭐야?
다짜고짜…
함부로 리딩
하지 마!
츠
츠
츠
태모신교
사제님들이시군요.
목적이 달라
서로에게 도움이
될 수 있을 것
같습니다.
저희는 고산가의
백경대원들입니다.
정규직이죠.

백경대
올드보이들?
무슨 일이
있었던 거야? 물량은
확인해봤어?

그들에게 얻어낸
정보들입니다.
확인하시죠.

ㅊ
ㅈ
ㅈ

……

이거…

뜻밖의 놀라운
얘기로군.

그 친구들…
지금 당장
만나봐야겠어.

누구
마음대로?
서로 돕자니…
비정규직 등쳐먹는
소리 하고 자빠졌네.
왜 당신 멋대로
결정해?

아, 사제라면
절 리딩하지 않는
편이…
가만있어,
이 양반아! 동의도
없이 당신이 먼저
했잖아!

……
백경대…
흠… 물건들을
되찾아오라…
!
…응?

저게 뭐야?
!
오…
괴… 굉장한
어젯밤!

츠즈즈
칼번…
쿵 부대…
……
칼번 쿵 부대?

공작님 물건에
손대려고 오네.
틱
주인님이 전에
잠깐 언급… 직접
여쭤볼게.

왜?

강렬하게
사는구나.
……
역시 사제직 같은 거
그만두고…

네, 알겠습니다.
뭐라셔?

정당방위
유도해서
흔적
남기지 말고
치우라셔.

드드드

……
……

하즈 님 반응이
뜻밖이네.
응, 또 뭔가
엄청난 계산을
하신 듯해.

그나저나
롯 선배 대단해.
그러게.
세 사람 모두
만만치 않을
텐데…

그 때문에
지금 페드릭 선배
심기가 지금…
야, 쳐다본다.
눈 마주치지 마.

그… 그게
무슨…?
당신들 얘기에
흥미가 생겨.
사업 확장 때마다
그 사이비 종단과 매번
충돌이 생기거든.
타협과 협상을
하지만 늘 목에 걸린
가시 같은 느낌
이랄까…
어쩌면…
우리가 가까운 미래에
서로 돕고 살 수 있지
않을까 해서
말이야.
자네들이 길을 좀
놔주겠나?
데바림의
수장들과
이야기
나누고 싶어.

!

……

저 자식
뭐야?
왜 아무것도
안 해?

내버려둬.
자기
처지를 알고
완전 패닉
상태…

패닉이고
나발이고…
날 여기까지
끌고 들어왔으면
책임을 져야지.

책임도
못 질 거면서…
……

……

저질렀으면
책임을 지란
말이야.

책임!
탕
탕
탕
책임!
책임!

비겁한 인간!
약해빠져
가지고…

찌질이!
탕
탕
탕
미친놈이
누구한테 하는
소리야?
등신!

이놈이나 저놈이나
둘 다 정신 상태가…
불안해.
저것들 총에서 탄액을
빼놔야겠어.

휴우우…
돈 안 되는
잡동사니만
가득하네.
그나저나
이런 식으로 해서 언제
여기서 나간담?

하긴…
콧수염 말이
사실이라고 한들
달라질 게
있나?

이 몸의 조건이
불리할수록 실버쿼
탈출을 앞당기면
되는 거야.
어차피
벗어날 육체…
상관없어. 마음
편히 하자고.

당장은 한동안
계속 이러고 있자.
멀쩡히
움직이면 저것들이
나한테 일 시킬
테니…

……

!
……

젠장! 되팔 만한
물건 같은 게
있을 리가 없지!
……
도대체
이놈의 집구석은…!

이봐, 이거
자네 어머니 일기
같은데…
일기…?

!
이건…

쳇! 그동안의 압류 딱지들…
이게 무슨 자랑거리라고 모아 온 거야? 이딴 건…
!
그… 그래! 날짜!
이걸로 박스의 기억을 읽어 날짜를 맞추면…
됐어! 벗어날 수 있어!
여기서 당장 나갈 수 있어!

다음 박스 찾으러 가자고!
……
당신이 좀 부지런히 도와!
두 번째 박스 이후로 이게 가장 최근 날짜…
어디…
슈슈슉
츠즈즈
압류 1년 후…

시간 차이 좀 가늠하게 냉장고 안쪽으로 좀 더 깊이 들어가줘.
지금 뭐 하자는…?
슈슉
츠즈즈
이건 압류 6개월 전.
그럼 세 번째 박스의 예상 위치는…
대략 방금 이동한 거리에서 다시 바깥쪽으로 3분의 1 지점이야!
뭐가?

어서! 어서!
슈슉
아, 왔다 갔다 뭔데?
오케이! 압류 날짜 근처다.
두 사람 여기서 잠시 기다려.
이봐! 지금 혼자만 신난 거 알고 있어?
……
츠즈즈
츠즈
!
티릭

찾았어!
칙익
바로 이거야!
역시 그랬군. 사물의 기억을 읽고 있었어.
!
뭐 어쨌든 우리로선 정말 다행이야.
흥! 약쟁이 주제에 하이퍼였네.
이제… 곧 나가게 되나?
……
!

뭐? 기억을 읽는다고?
부탁이야! 내 기억… 내 몸이 겪은 일들 좀 리딩해줘!
내가 왜? 싫어!

응?
난 내 기억만으로도 머릿속이 충분히 복잡한 사람이야.
이… 이봐! 이건 내 목숨과 직결된 거라서 그래! 뭐든지 할 테니 제발…
뭐든지 하겠다고?
그래?
그럼, 자!
스윽
……
내 발바닥 깨끗이 핥아봐!
그럼 읽어줄게.

응? 어서…
목숨이 걸렸다며? 응?
묵직히네…
퍽

끄아아악…
팍
이 자식!
폭
폭
폭
아아악! 이 미친…
너 이 개자식!
내 손에 잡히기만 하면…
이리 와…
이리 와!
둘 중 하나는 끝장나겠…
……
이런 젠장! 그건 내가 곤란하지!
그만둬! 두 사람!

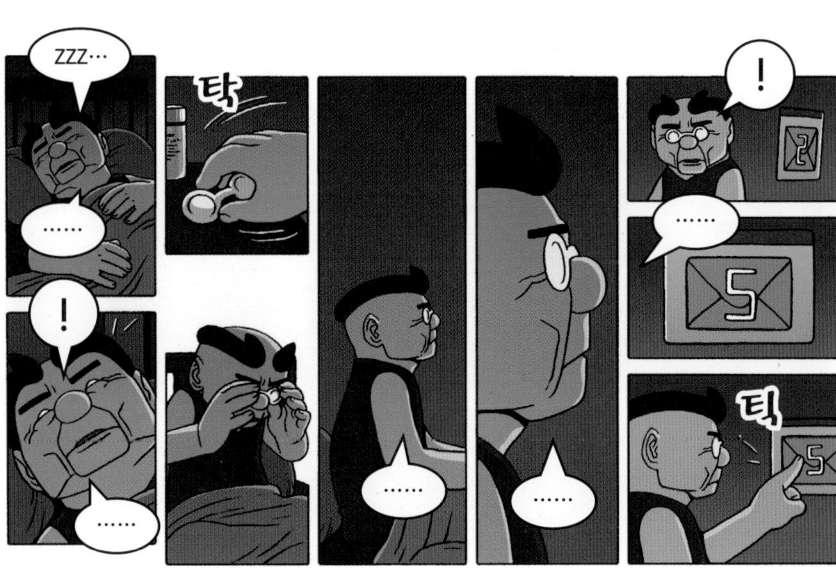
ZZZ…
……
탁
!
……
……
……
!
……
티

……
파바밧

아론, 자네도 꿈을 꿨겠지?
도대체 이게 무슨 내용인가?

꿈의 메시지가 이렇게 큰 틀에서
갈팡질팡했던 적은 없었던 것 같아요.

진정들 해. 난 이제 막 눈을 떴어.
메시지를 곰곰이 들여다볼 시간이 필요하다고.

들여다보긴? 이렇게 노골적인 메시지를…
이제 우리의 운명은 어떻게 되는 거지?

운명이 어찌 되다니…? 맙소사!
그게 데바림 수장의 입에서 나올 소린가?
그곳의 기름진 평화와 안락이
자넬 살찌워 영혼을 압사시키고 있나보군.

이봐,
내 말의 의미는…
판타 레이…
데바림!
팟
OFF
그만! 마음에
요동이 일어. 이따가
다시 얘기하지.
흠…

TO:
아론
선생님 앞

……

미라이…
……
그래…

그 아이는…
우리보다
훨씬 더 큰 미래를
본 거야.

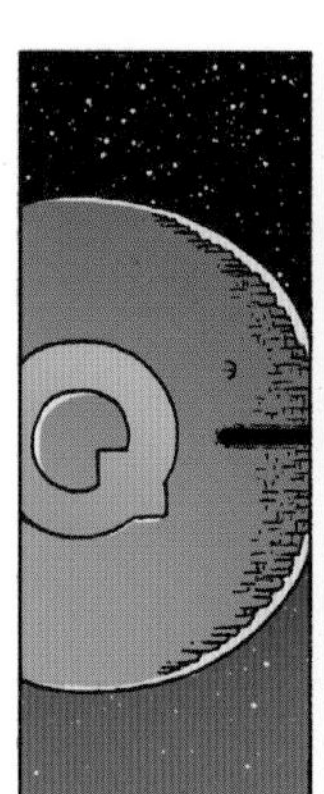

……

멀리도 왔군.
!

대체 여기가 어디람?
난 지금 어디에 있는 거지?

하긴… 어딘지는 중요하지 않지.
어디에 있든 다달이 송금만 하면 되는 거니까.

……

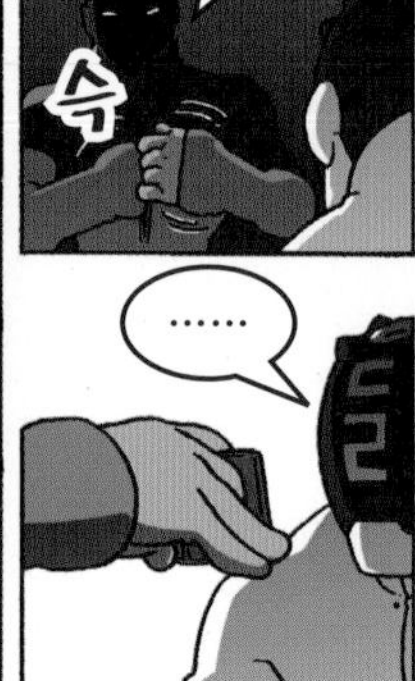
아, 내 가족…
슥
……

매월 송금의 대가로 내게 메시지를 보내줘.
잘 지내고 있어요. 보고 싶어요. 힘내세요, 아빠…

늘 똑같은 이 문구가 복사해서 붙인 것처럼 느껴질 때가 있어.
그럼 어떻게 하는 줄 아나?

송금 날짜를 미루는 거야. 프흐흐흐…
그럼 감정이 실린 좀 더 생생한 메시지를 받을 수가 있거든.

……

그래… 이 친구들도 나름대로 바쁘고 힘들 거야.
…그걸 알면서도 가끔은 징징대고 싶더라고.

어째 나이가 들수록 심술만 늘어.
그나마도 이젠 메시지조차 받을 수 없게 됐어.
뜬금없이 내 얘기만 쏟았군.
우리 통성명이나 하지.
난 …라고 해. 자넨?
응?
난 하도르.
당신 이름이 뭐라고?

내 이름은 ……야.
잘 부탁해.
……
이름을 안 밝힐 셈이군.
그래. 딱히 궁금하진 않아. 이제 그만 손을…
콰약
!
아니지. 이 손을 놓을 순 없지.
내가 누구 때문에 더 이상 송금할 수 없게 됐는데.

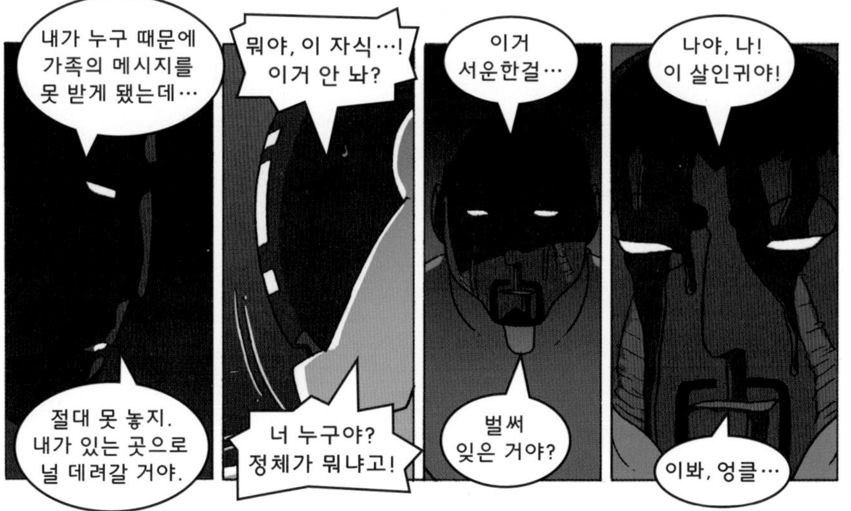

내가 누구 때문에 가족의 메시지를 못 받게 됐는데…
절대 못 놓지. 내가 있는 곳으로 널 데려갈 거야.
뭐야, 이 자식…! 이거 안 놔?
너 누구야? 정체가 뭐냐고!
이거 서운한걸…
벌써 잊은 거야?
나야, 나! 이 살인귀야!
이봐, 엉클…

!

……

제기랄! 오늘은 또 누가 꿈에 나타났던 거야?
!
언제까지 이렇게 시달려야 하는 거냐고…

심경이 복잡해 잠 못 이루는 건가?
!

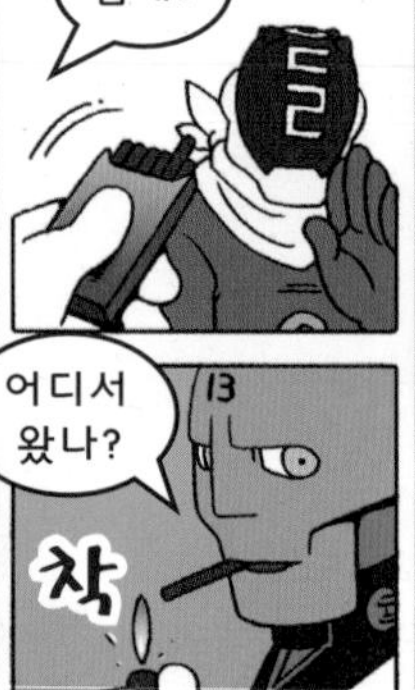
담배?
어디서 왔나?
착

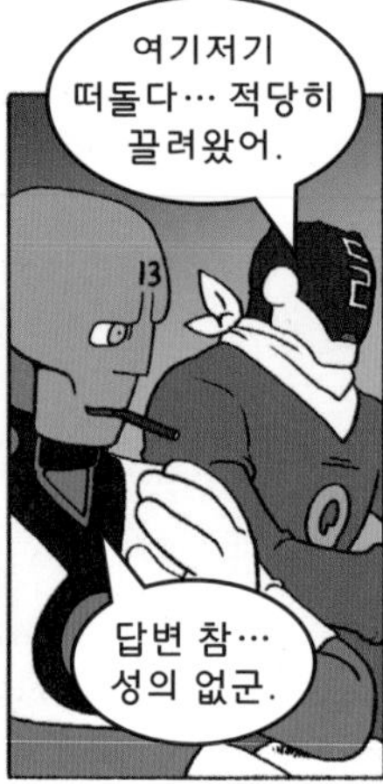
여기저기 떠돌다… 적당히 끌려왔어.
답변 참… 성의 없군.

어디…
틱
틱

여기 있군. 이름 하도르…
!
칼번 쿵 부대 출신에 특기는 질량 등가 치환…

질량 등가 치환이라면…
……
덴마 군과 같은 기술이네.

개인 정보 열람이 가능해?
응, 나 같은 반장들은.

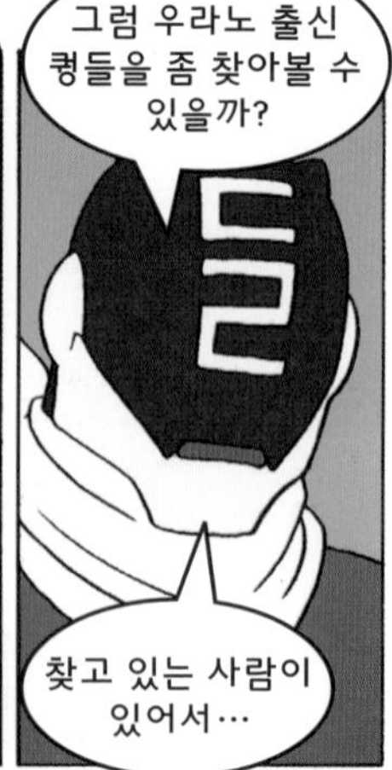
그럼 우라노 출신 쿵들을 좀 찾아볼 수 있을까?
찾고 있는 사람이 있어서…

당연히 그건
안되지.
이건 반장만의
특권이라고!

그럼
이건 어때?
보여줘.
너… 지금
이게 어떤 대가를
치를지 알고는
있나?
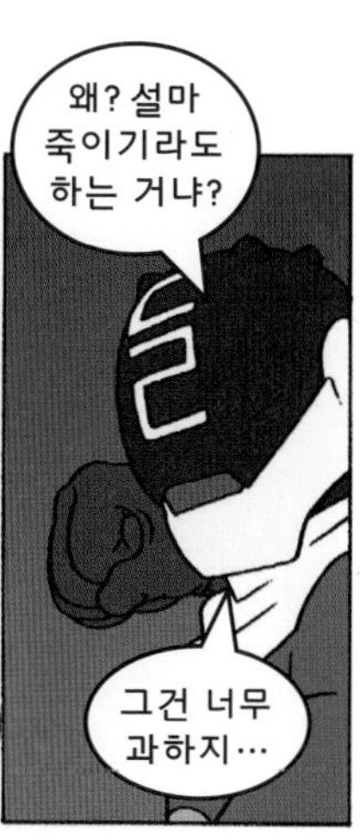
왜? 설마
죽이기라도
하는 거냐?
그건 너무
과하지…

지나치게 관대한
처분을 바라는군.
넌…
끔찍한 독방에
갇힐 거야.

독방? 겨우
그 정도냐? 그럼
그전에
철컥
네놈 얼굴이나
박살 내고…

……
……
아, 그래!
이 꼬마… 칼번
감시 카메라에
잡혔던…

이름이
덴마였군.
덴마라…
이름이
좀…
스윽
응?

어? 이 자식은…
제트…
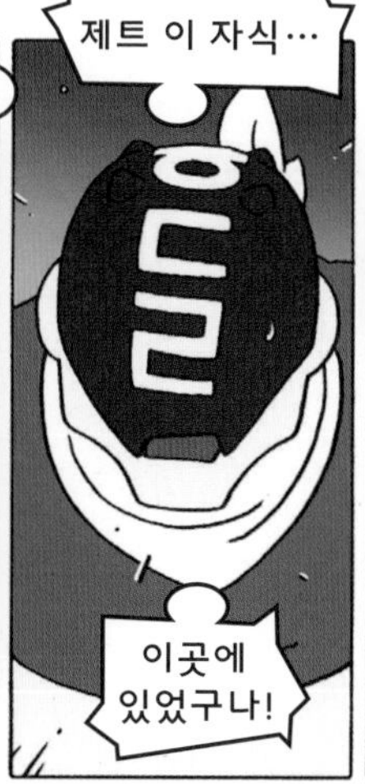
제트 이 자식…
이곳에
있었구나!

아, 이것 좀
놔봐!

그러게…

애플의 전력에
도움이 될 것 같긴
한데…

어떻게 아는
사이인데?
설명하려면
길어. 나중에
얘기해줄게.

오케이!
난 영입 찬성!
하여간 끝까지
신중하게.
알았어.

이제 몇 사람만
더 찬성하면…
GAME
OVER
틱

바쁘냐?
한 게임 할까?
아, 제트…
너 혹시 우라노
출신 아니었냐?

우라노?
맞는데… 왜?
글쎄, 병아리
신입 하나가…

당하긴 누가
당해!
13
신입이 다칠까봐
일부러 힘 빼고 있었던
거라고.

우라노 출신은
왜 찾는대?
모르지 뭐…
아! 너 거기
출신이었던가?

……

……

놈과
잠시 얘기하게
해줘.
응?

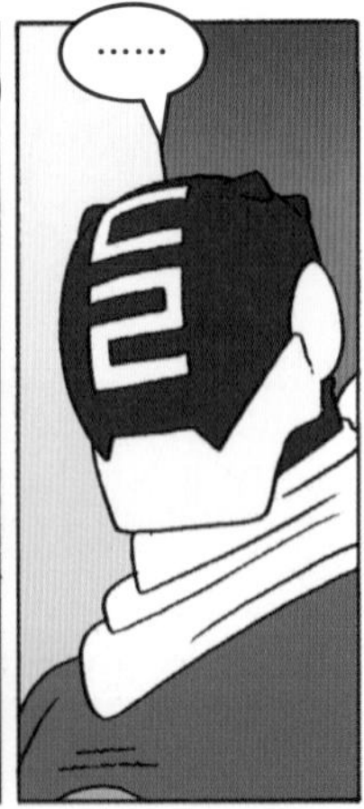
……

……

팅
!
……
……

통화 요청!
!

이봐, 신입!
우라노 출신들을 찾는다고? 용건이 뭔데?

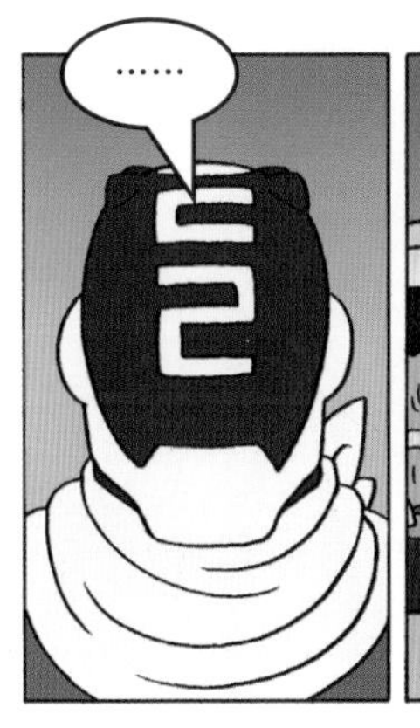
……

간만이네. 무쇠돌이!
!

어…? 어… 엉클?
그래, 이놈아! 잘 지냈냐?
맙소사! 여긴 어떻게…
펜타곤 놈들한테 쫓겨서 이런저런 일이 있었다.

넌 어떻게 여기 온 거냐?
아, 저 역시…
가면은 왜 쓴 거예요?
펜타곤의 그 무지막지한 놈한테 당했어. 화상이 심해서…

무지막지한 놈이라면…
랜돌프… 응가이를 말하는 건가?

이제 그만!
독방에 들어갈 준비!

슥

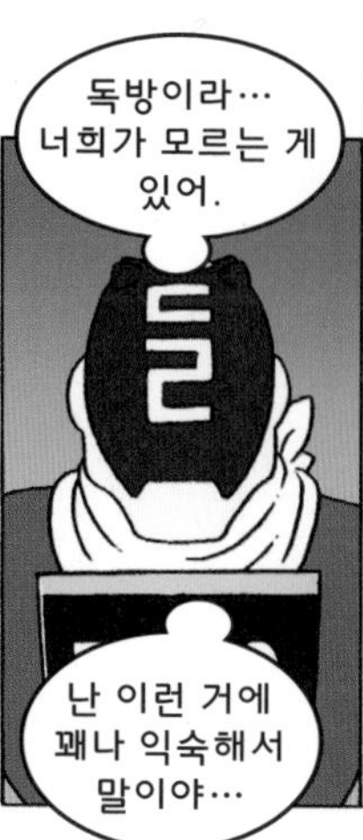
독방이라…
너희가 모르는 게
있어.
난 이런 거에
꽤나 익숙해서
말이야…

이런 게
하극상에 대한 처벌
이라면 앞으로도
얼마든지…
뭐야,
이 패치는?

아야! 뭐하는
거냐고?
칙
본인 의지에 따라
두 가지로 쓰여.

하나는
독방에 있는 동안의
영양 공급원,
다른 하나는
자살용이야.

뭐?
공포에 짓눌려
더는 못 견디겠다
싶으면 버튼을
길게 눌러.

이… 이봐!
이쪽으로.

……
【2】

뭇시엘…
……

눈 감아요! 아직
눈뜨지 마!
노… 놓지 마!
제발 날 놓지 마!
?

안 놔요!
꽉 잡고 있을게!
자, 진정하고
심호흡…!
천천히 내뱉고
하나…
들이마시면서
둘…

그 녀석…
용케 버텼네.
!
진정되면
의무실로 보내.

네에, 오늘은 독방이 절반이나 차네요.
본부 분위기가 그만큼 느슨해진 거야.

치익
우린 여기를 쓰도록 하지.
자, 잠깐만!

대체 독방에 어떤 장치를 했길래
저 모양들이야?

없어. 아무것도.
그야말로 절대 무의 공간.

독방들은 사물 쿵의 일종으로
탕
문을 닫게 되면 무한 공간으로 변해.

빛도 소리도 냄새도 맛도 촉감도 느낄 수 없는 절대 암흑.
시공간도 자각할 수 없는 무중력 공간.

모든 감각이 차단돼버리지.
완전한 패닉 상태… 시간이 지나면서

자의식만이 선명하게 떠올라.
모든 활동 에너지가 자의식에 집중되면

의식적으로 숨겨놓았던 심연의 공포와

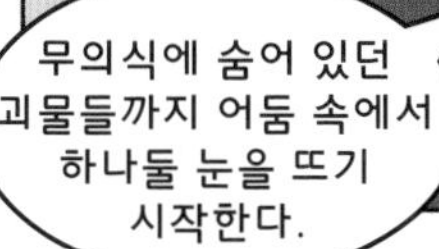
무의식에 숨어 있던 괴물들까지 어둠 속에서 하나둘 눈을 뜨기 시작한다.

네가 너 자신을 파먹는 꼴이지.
자… 잠깐!
견디기 힘들면 패치 위의 버튼을 길게 눌러.

저런 미친…!
이 빌어먹을 개자식들! 놔! 이거 안 놔!

텅

……

……

……

……

이봐, 너!
대체 뭐 하는 놈인데 거기 숨어서…!

……
저것들은 뭐야?
뭔가 우리보다 먼저…

츠즈즈
쳇!

같이 좀 움직이자니까…
목적이 달라 서로에게 도움이 되겠다더니…

……
기억을 읽는 방식이 나보다 한 수 위야.
이래서는 우린 흔적의 껍데기만…

저 친구… 설마 지금 혼자서 저들을 상대하려는 걸까?
우리한테 도움 청하기 전까지는 그냥 구경이나 해.

도움의 대가로 올드보이들 행적을 얻어내자고.
우리 셋이서 치기엔 수가 좀 많은 것 같아.

……
츠즈즈

츠즈즈
……

틱
틱
틱

……

백경대 올드 보이들과
엘가로 파견된 선배들…

일단 이 정보는 공작님께 바로 전송.
지하 지층과 치환된 물건을 찾으려면

올드보이들이 필요해.
……!

츠즈즈
오케이!

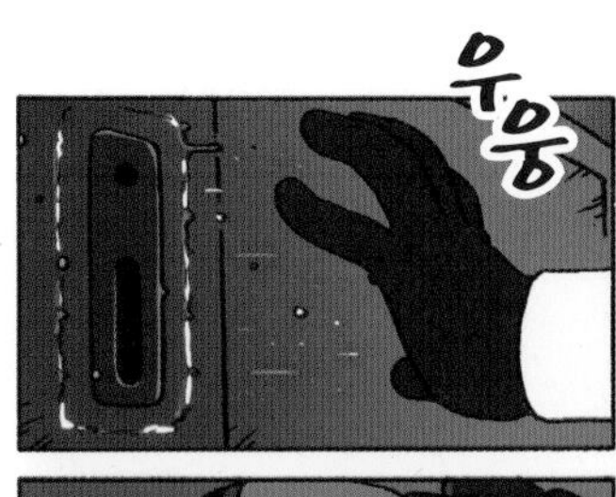
우웅

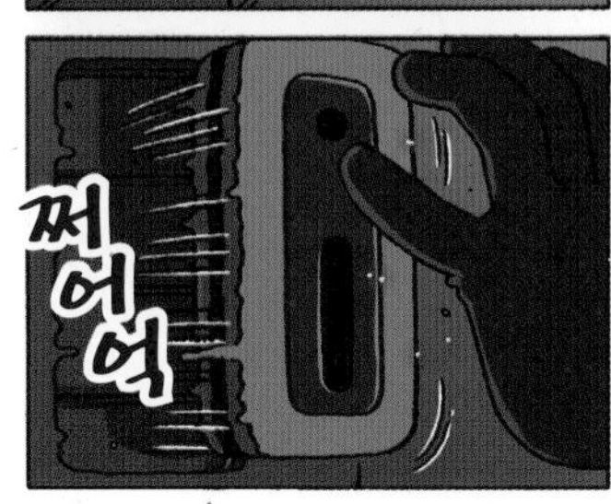
쩌어억

이 알림장치라면 내가 원하는 시간과 장소로
그들을 유인할 수 있겠어! 좋아…

탁
일단 공작님께…

슈슈슉

뭐가 어째?
아아…

지금 분위기
파악이 안 되나
본데 여기 전부
쿵이거든?
그렇게
목을 죄면 호흡이
힘들어.

생명에
위협을 느낀다.
뭐?
그러므로…

이건 정당방위!

……
어쩔 거야?
이거 우리가 감당 못 할 만큼 일이 커질 것 같은데…
딱히 선택의 여지가 없잖아.
아론 선생의 반응을 보면 알겠지.
이게 가야 할 길인지, 아니면 예상 못 한 변수인지…
……

……
…모르겠어.
우릴 소유하게 되는 사람의 정체를…
팅
선생!
만나도록 하지. 대신에…

시간과 장소는 우리가 정하겠다고 전해.
아, 역시…
회동 제안이 우리 타임라인에 등장할 일이었던 거로군.
아니, 전혀! 전혀 뜻밖의 일이야.
뭐? 아니 그럼…
꿈이 요동치고 있어.
인과율의 괴물 놈 소행?
놈이 개입한다고 꿈이 이렇게까지 흔들리진 않아.

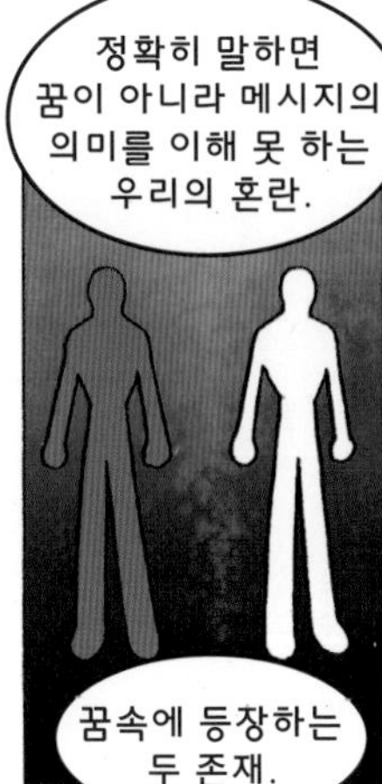
정확히 말하면
꿈이 아니라 메시지의
의미를 이해 못 하는
우리의 혼란.
꿈속에 등장하는
두 존재.

경쟁 끝에
둘은 사라지고
동시에
둘은 다른 형태로
존재하게 돼.

있으면서
없고…
없으면서
있는…

무슨 소린지…
그래서 결론이
뭔데?
결국 우리는
어떻게 되는
거냐고?

우린…
승자이면서도
패자이고

패자이면서도
승자인… 그의 손아귀에
들어간다.
……

아, 짜증 나!
그런 식으로 말하지
말고 좀!
그러니까 그게
누구냐고?

모르겠어.
이미지와 상징이
중첩돼 보여서…
선생, 꿈을 두고
당신의 이런 반응은
처음이야.

지금 말해줄 수
있는 건 여기까지야.
종단 놈들이 간과
하는 게 있지.
탁
데바림의
예지몽은 길게 보면
인과율 계산을
뛰어넘어.

사건이 우리의
미래와 직접적인
연관이 있다면
외우주에서
유입되는 변수까지도
보여준단 말이야.

전 우주의 파장을
느끼는 데바림의
예민함. 조만간…
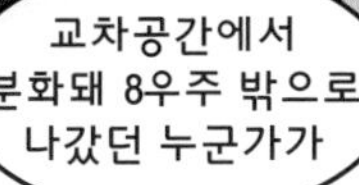
교차공간에서
분화돼 8우주 밖으로
나갔던 누군가가

다시 이곳으로
넘어올 거야.
이 혼란스러운
이미지의 직접적인
원인 제공자.

ZZZ…

ZZZ…
……

아직 주무셔.
업무에 관한 거라면…

직접 보고하라고 하셨습니다.
……
!

메시지가 와 있었군.
팅

……

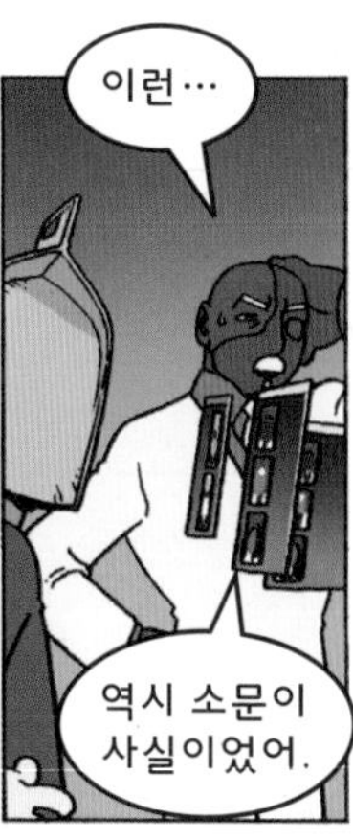
이런…
역시 소문이 사실이었어.

이거 보라니까… 이게 은혜를 모르는
쥐새끼들이 하는 짓거리란 말이야.

박스 하나를 챙겨왔습니다.
그래, 가지고 들어와.

슈슈슉

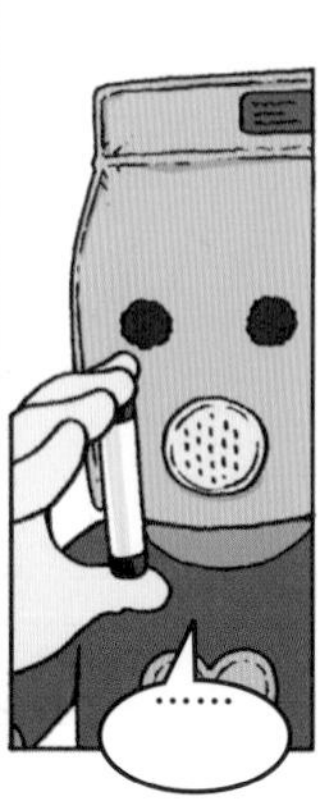
……

좀 더 상세하게
알고 싶어.
현장에서 읽었던
모든 기억을 내게
보내줘. 잠시만…

헤글러!

……

오케이! 시작해.
네,
그럼…

츠아아악
……

츠즈즈즈즈

……

흥미롭군.
공유해드려.

종단 사제들이
언급한 데바림의
장기 계획…

츠즈즈
믿기 어렵군.
그럼 백경대에
들어온 게…

이 일에 직접 관련된
데바림 수장들과
그들이 심어놨던
백경대 올드보이 셋,
안 다치게 데려와.

네, 주인님.
만일 임무
수행 중에 종단
사제들과 충돌하게
되면…
피할까요?

……
너 지금 그게
무슨 소리야?
누가 누굴
피해?

왜? 그까짓
사이비 교단 놈들이
뭐가 무서워서?
나 고산이야!
걸리적거리는 건
전부 치워!

……
아, 씨…
깊은 상처는
아니야.

제기랄!
약쟁이가 리딩 능력이
있는 줄 알았다면
엄청 친절하게
대할걸…

이보다
안전하게
실버쿼 놈들의
방해 없이
슥
내 몸의 기억을
리딩할 수 있는 기회가
또 있겠어?

꼬맹이, 이제
마음 좀 추스린
거냐?
기운
좀 나?

내 저 자식을…
덜컥

아, 됐어! 아니면
말지 뭐!
…라고 하기엔
역시 놓칠 수 없는
기회야.

휙

휙

기운이 나긴!
보다시피 저 깡패
때문에
탱
난 공포에
질려 있다고.

잘도
주둥이를…
턱

!

……

……

……
갑자기 또
왜 저래?

이봐, 회상 같은 건
물건들 챙겨서
냉장고 밖으로
나가서 하자고!

저 약쟁이 놈을
어떻게 다독여서
날 리딩하게
만들지?
……

…응?
……

톡

……
털썩

아, 저건 또
왜 저래?
왜? 무슨
일인데?

하아
하아

퍽

슈슉

하아
하아
콱

어딜 가려고?
응?
부하들 곁에 있어야지?
컥…!
어때? 호흡이 불편하지? 아까 내가 목이 죄일 때 이런 기분이더라고.

……
……
하아아… 저거 뭐야?
지금 혼자서…

슈슉

와… 왔군. 그래, 찾는 물건의 흔적은?
너희들한테 전할 말이 있어서 왔어.

주인님의 주문이 바뀌어서 말이야.
우리도 올드 보이들이 필요하게 됐어. 더 이상 서로 돕기는 어렵겠네.

임무 중에 걸리적거리는 게 생기면 전부 치우라고 하셔서…
이봐, 이봐! 갑자기 반말투로… 지금 자신감이 지나치군.

우린 너희 백경대를 견제하기 위해 만들어진 조직이야.
무슨 얘긴지 알겠어? 올드 보이들은 우리 몫이라고!

……

뭐야, 양손?
이봐…!
긴장하지 마.
너희를 해치려는 게
아니야.
즈윽

즈으윽
즈윽

착
착

네가 막내지?
이걸 받아.
놓치지
말고 잘 가지고
돌아가라고.

저 두 친구의
심장이야.
미안,
뻥쳤어.

이 자식…!
덤비지 마.
살아 있어야
사제들에게 전할 수
있지 않겠어.

걸리적거리지
말라는 메시지를
말이야.
퍽
우리는 너희가 견제
하려는 구 백경대와는
많이 달라.

평균적인
인성이나
임무 수행 속도,
일처리 능력이 우리
선배들과는 차이가
많이 나지.

그 양반들은
너무 수동적이야.
어떤 면에선 물러
터지고…
그들이 적에게
주려는 게 긴장감과
도발 방지였다면

우리가
전하려는 건
공포다.
무엇보다
가장 큰 차이는
모시는 주인이
다르지.

우리가
모시는 분은
고산 공작님,
이 8우주의
진짜 주인.

무모해!
이런 식으로
충돌하는 건 너무
무모하다고!

이건 종단에
던지는 선전포고
같은 거야!

그것들과
협력해나가지
않으면
사업장
전체에 타격을
줄 수 있어!
틱
틱
이건
네 아버지의 판단을
부정하는 거라고!

후우우우…
그 사이비
놈들…

아버지 돈으로
제 욕심 채우더니
슬슬 우리를 따돌릴
기미가 보여.

그야 협상으로
풀어갈 일이지.

무력 충돌은
놈들에게 유리한
빌미만 제공할
뿐이잖아.

아오리카 사태
기억 안 나? 그거
뒷정리하느라
틱
틱
우리가 어떤
대가를 치뤘는지…

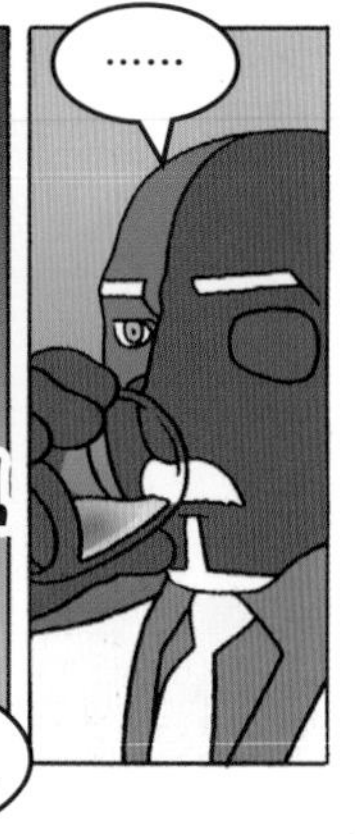
……

뒷정리라는
표현 쓰지 마. 그게
당신 일이잖아.
자기 할 일
하면서 애처럼
징징대긴…

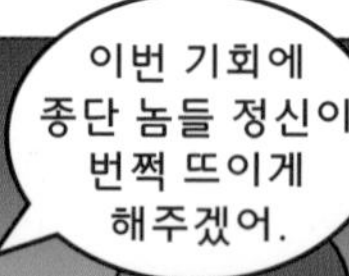
이번 기회에
종단 놈들 정신이
번쩍 뜨이게
해주겠어.

그런 감정적인
대응은 늘 손해야.
그것들 우리
예상보다

훨씬 더
큰 규모로 일을
벌이고 있단 거
몰라?
8우주 패권이
그것들한테 넘어갈
경우를 대비해
공조해야 돼!

공조라니? 밟지
않으면 밟힌다는 건
형의 가르침이잖아.
!
이걸 봐.
어제까지 엘가가
참여한 사업장
정보야.

……
맙소사, 이 정도 규모일 줄은…

종단이 꾸미는 극악무도한 목표가 가까워질수록
악명 높은 우리보다는 8우주 귀족들에게 명망 있는

엘가와 함께 하는 게 더 안전하다고 판단하는 모양이야.
일이 틀어지면 언제든

놈들의 계획에 돈을 댄 우리에게 덤터기를 씌우겠지.
엘가 놈들이 이런 기회를 놓칠 리 없고… 그러니…

그래서 다짜고짜 충돌해서 우리한테 어떤 이익인데?
힘은 숨겨야 돼! 안 그러면 또다시…

이게 힘을 숨긴 결과야.
아버지가 키워준 개들이 우릴 물어뜯으려고 하잖아.

말이 아니라 힘을 보여줄 때가 온 거야!
힘의 중심이 여기라는 명확한 메시지를!

후우우우… 그러면 결국 너도
네 아버지의 전철을 밟게 되는 거야…

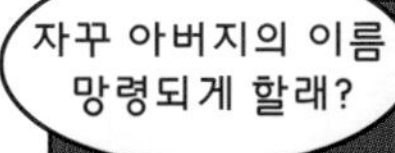

자꾸 아버지의 이름 망령되게 할래?
이건 아버지의 판단을 부정하는 게 아니라 그분의 뜻을 잇는 결정이야.

……
엘…

이번 일 잘 엮어서
이 주인 물려는 개를

누구도 예상 못 한 방식으로 꼭 잡아야겠어.

아…
알고
계셨군요.
이놈 자식아!
내가 호구로
보여, 응?
이번이 몇 번째
만남이야?
세 번째…
인데요.
세 번째?
이것들이…
나한테는
씨알도 안 먹히니까
도련님한테
간 거로군.
……
최근에
영업장에서 종단
놈들과
충돌한 일이
있나?
……
지난 3개월간
단 한 건도
없었네요.
……
이건 단순하게
놈들의 영업 방침이
바뀐 게 아니야!
자신들의 오랜
사업 파트너인 고산을
따돌리고
우리에게
접근한다…? 무슨
속셈이냐고…
그 사이비
종단 놈들과 도련님의
대화 내용…
도청해서
내게 보고해.
네?
네?
임마, 네! 라고
답해야지.
아…
하즈 님…
도련님이
종단 측과의 만남에
대해선
일절 함구하라고
하신 거예요. 제 입장도
고려를…
네 월급
누가 주는데?
빠짐없이
보고하겠습니다.
나가봐.

탁
데바림…

종단이 꾸미는 일을 저지하려고 그런 장기 계획을 세웠다는 것…
그건 말이 안 돼.
나는 그들을 믿지 않지만 그들의 예지 능력을 부정할 사람은 없어.
그런데도 왜 그들은…
평의회에 알리지 않고 직접 나서려는 거야?
마약까지 빼돌리는 그런 위험을 감수하면서…?

무엇보다… 그 사이비들이 대체 무슨 일을 꾸미길래…
그리고 그것에 관해 어떤 미래를 보았길래…

팅
하즈 님, 데바림으로부터 메시지가…

아… 그런데 미팅과 동시에
뜻밖의 요청을 해왔습니다.

자신들의 일족 100여 명의 신변 보호를…
뭐?

신변 보호라니? 종단 놈들로부터?
네, 아울러 고산가로부터 자신들을 지켜 달라는…

잠깐만! 이거 판이 갑자기 너무 커져버리는 거 아닌가?
우린 골칫거리를 껴안을 생각은 추호도 없다고!

내 제안은 단지 개인적인 호기심에서 비롯된 거라고.
이런 말도… 덧붙였습니다.

종단에서 꾸미고 있는 일이 어떤 것인지 알게 되면
제 요청이 끌어안을 만한 가치가 있다고 판단하실 겁니다.

8권 마침.

DENMA 8

초판 1쇄 발행일 2017년 3월 20일
초판 3쇄 발행일 2022년 7월 29일

지은이 양영순
채색 홍승희
펴낸이 정은영
책임편집 이책
디자인 손봄(김원경, 홍지은, 서정아)

펴낸곳 (주)자음과모음
출판등록 2001년 11월 28일 제2001-000259호
주소 10881 경기도 파주시 회동길 325-20
전화 편집부 (02)324-2347, 경영지원부 (02)325-6047
팩스 편집부 (02)324-2348, 경영지원부 (02)2648-1311
E-mail neofiction@jamobook.com

ISBN 979-11-5740-142-0 (04810)
979-11-5740-100-0 (set)

이 책에 실린 내용은 2013년 5월 3일부터 2013년 11월 25일까지 네이버웹툰을 통해 연재됐습니다.